ポルタ文庫

# お嬢様がいないところで
## 水平思考のファンダメンタル

鳳乃一真



新紀元社

# Contents

【目次】

プロローグ …………………… 5

第一話 御側仕えたちのよくある日常風景 …………………… 9

第二話 自分のデビューは自分で決めろ …………………… 34

第三話 三つの相談事 その一【老紳士の相談】 …………………… 58

第四話 杏仁豆腐な実力テスト …………………… 100

第五話 三つの相談事 その二【傲慢な男】 …………………… 121

第六話 三つの相談事 その三【小さな女の子】 …………………… 164

第七話 ひとりでも手に余るのだから、ふたりならお手上げだ …………………… 193

第八話 釣れますか? …………………… 213

エピローグ …………………… 227

# プロローグ

「いらっしゃいませ、ようこそお越しくださいました」

伝統ある建物の中へ入ると、燕尾服を綺麗に着こなす眼鏡の執事が近づいてくる。

名乗らずともこちらの名前を口にし「それではお席にご案内させていただきます」と導かれる。

通された両開きの扉の向こうに広がるのは、煌《きら》びやかな世界。

美しい調度品の数々が彩るメインホールには、アンティーク調のテーブルが並び、お洒落なケーキスタンドを囲む上流階級の人間が、紅茶と共にひと時を楽しむ。

道明院《どうみょういん》家サロン。

名家財閥である道明院家本邸内にある格式高い会員制のサロンである。

ここを訪れること、延《ひ》いては【午後のお茶会】に参加することが、社交界における一種のステイタスとなっているほど。

――秋も深まり、寒さを感じ始めた季節。

サロンの片隅にある日当たりの良いテーブル席で、確かな存在感を放つ淑女が、ひとり静かに本を読んでいる。

道明院可憐《かれん》。

現・道明院家当主の次女であり、昨今社交界において、『お嬢様探偵』と名を馳せる生粋のお嬢様である。

普段は表舞台に出ることが少ない可憐お嬢様ではあるが、なんの気まぐれか、最近は頻繁にサロンに顔を出し、おかしなことを始めたらしい。

【探偵相談席】。

そのテーブルは可憐お嬢様専用であり、お嬢様の向かいの席が空いていれば、サロンを訪れた誰でも腰を下ろすことができる。

ただしその際には必ず『おみやげ』を持参しなければならない。

それは可憐お嬢様の興味を引くような謎。

内容は問わない。

気になる相談事から変わった出来事の原因究明などなど。脅迫、殺人といった事件性が絡んだモノならば、なお結構。

お嬢様が興味を示すようなモノであればなんでもよい。

だけど逆に、お嬢様のお眼鏡に適《かな》わなければ、早々に席を立たなければならないとか。

待ち人の到来を静かに待つ、窓際の令嬢。

だが、そんなお嬢様の後ろに立つ人物もまた、人々の目を引く存在となっている。

年の頃はお嬢様と同じくらい。どこか初々しさを感じさせるボーイ服の青年。

ただ何より目を引くのが、その左目を覆う眼帯である。

その存在が気になり、近くを歩く美形のボーイに尋ねると、その青年が可憐お嬢様の専属召使《フットマン》であると教えてくれる。

紅茶を楽しみながら本のページを捲《めく》るお嬢様とその様子を静かに見守る隻眼の召使。

二人の姿は、とても絵になり、サロンを訪れる人々の噂の種になっている。


主《あるじ》の様子を窺っていた隻眼の召使は、そっと進み出ると、テーブルの上に置かれたポットに被せたティーコージーを持ち上げ、空いたばかりのカップに、ポットから湯気が香る紅茶を注いでいく。

自然な動作でカップに手を伸ばし、紅茶を口にした可憐お嬢様が何かを呟く。

それを聞いた隻眼の召使・文月薫《ふみつきかおる》は、どこか戸惑いを見せながら、お嬢様の耳元でそっと囁く。

「お手柔らかにお願いします」

薫の心からの願いを聞き、可憐お嬢様はクスクスとイジワルな笑みを浮かべ、さらにもう一言呟く。

やれやれと言った表情で口を閉じた薫は、優雅に詩集を捲るお嬢様の背後に再び立つと、背筋を伸ばし、壁際の召使として気配を消すのであった。

これは、次々と舞い込んでくる奇妙な謎や奇怪な事件を華麗に解決する、さるご令嬢の物語——

なのでは決してなく、**そんなお嬢様に仕える三人の男たちの日々の様子を描いただけの、平凡な物語である。**

# 第一話　御側仕《おそばづか》えたちのよくある日常風景

「もうすぐ夏も終わるな」

夕日が沈む時間になると窓の外からは、涼しさの中に微かな冷たさを感じさせる、そんな風が流れ込んでくる。

道明院家にある男子寄宿舎二階《椿《つばき》の三》の間。

窓を閉めながら一人呟く青年の名は文月薫という。

薫は今年の春から道明院家に勤め始めたばかりの新人召使《フットマン》。本来なら地方の国立大学でキャンパスライフを過ごすはずだったが、とある事情で進学を断念（正確には断念したのではなく、させられたのだが）。

その代わりとして勤めることになったのは、名家財閥・道明院家のお屋敷である。

道明院家は、明治・大正に財を成し、戦後からこの国の中枢を支え、今もその一翼を担う旧貴族様である。

そんな上流階級のお屋敷の使用人として、さらに言えば、【御側仕え】という些《いささ》か特殊な枠組みの中で、薫は働いている。

御側仕えとは、道明院家の方々に専属で仕える者たち。

お屋敷に住み込みで働き、仕える主より声が掛かれば、何時如何《いついか》なる時でも馳せ参じ忠義を尽くす。

薫が御側仕えをしているのは、本家次女の道明院可憐お嬢様。

今年の春から都内のお嬢様大学に通う十八歳。一見すれば花も恥じらう御淑《おしと》やかなお嬢様。しかしそれは見た目だけ。不可解な事件に目がなく、耳にすれば全国どこでも乗り込んでいき、一〇〇%確実に事件を解決してしまう。

社交界では『お嬢様探偵』などともてはやされる、なんというか……ちょっとアレなお嬢様である。

まあ、薫の主がどんな人物であるかは置いておくとして、御側仕えたちの為に用意されているのが、道明院家本宅裏手にある二階建ての寄宿舎である。

男女別に分かれており、主が同じ御側仕えたち毎《ごと》に、寝室別の大部屋が与えられ、ルームシェアする形で使われている。

当然ここ、《椿の三》の間もまた、薫以外に可憐お嬢様に仕える二人の先輩が一緒に暮らしているのだが、ここ四日ばかり不在。

その間、薫はこの部屋で一人過ごしていたのだが、それもようやく終わりを迎えようとしていた。

カツ、カツ、カツ

廊下から聞こえてきたその靴音に、薫はまるで子犬のように反応し振り返る。そして「ただいま～」という陽気な声と共に部屋に入ってきた人物を、笑顔でお出迎えする。

「おかえりなさい、志水さん」

鞍馬志水《くらましすい》。二十七歳。

薫と同じく可憐お嬢様の御側仕えである運転手。

眉目秀麗。数々の女性と浮名を流す色男。だけど座右の銘は『適材適所』。振られた仕事しかしようとしないが、何でもそつなく熟《こな》す。

常に余裕を忘れぬマイペースぶりを見せているが、秘められたポテンシャルは底が見えず計り知れない、というのが薫なりの分析結果である。

「数日ぶりだけど、元気にしていたかい？　はい、おみやげのスイカ。三人で食べようと思ってね」

「うわっ大きいですね」

志水からスイカを受け取った薫は志水の背後に目を向ける。

「勇悟《ゆうご》さんはまだお戻りになられないんですか？」

「お嬢様をお部屋までお送りして、その後、旦那様へご報告があるから。戻ってくるまでもう少しかかると思うよ」

そう答えながら、久しぶりにこの部屋に戻ってきた志水は、お気に入りのソファに腰を下ろす。

「いつものミネラルウォーターでいいですか？」

「うん。今日は冷えたのが欲しいかな」

「分かりました。準備します」

スイカをキッチンに置いた薫は、棚からペットボトルを取り出すと、グラスに氷とスライスしたレモンを入れて、志水のもとに持っていく。

礼を言って受け取った志水は、グラスに注いだ水を喉に流し込むと、ソファに体を沈める。

「ふぅ、ようやく落ち着いた」

「それにしても今回はまた、随分と唐突に事件へと巻き込まれたみたいですね」

先日可憐お嬢様が解決した『呪われたマトリョーシカ連続盗難事件』。

その記憶も新しい中、この夏の可憐お嬢様は、さらに幾つもの奇妙な事件に遭遇(正確には首を突っ込んだ、というべきだろう)。

極めつけが、今回の事件である。

場所は南海の孤島。

有名富豪の豪華別荘で行われたレセプションパーティーの最中、その殺人事件は起こった。

被害者となったのは、主催者である有名富豪の男性。

遅効性の毒物による殺害。容疑者は、その会場にいた全員。

その中には、主賓として招かれた、さる海外のロイヤルファミリーのご令嬢もいたとか。

さらには悪天候の為、警察の到着が遅れるなどの不運も重なった。

警察による捜査も行われないまま、現場の保存も難しい。

全ての事象が幸運な犯人を後押しするかのように働き、もはや、その逮捕は絶望的かに思われた。

もし、そのパーティーに『お嬢様探偵』が居合わせていなければ。

ご友人の誘いでたまたまパーティーに顔を出していた可憐お嬢様は、お付きの執事と運転手を引き連れ、いつもの調子で勝手に調査を始め、嵐が過ぎ去る頃には見事に解決。

孤島での殺人事件は、わずか四日足らずで華麗なる終焉を迎えたのだった。

そんな可憐お嬢様が道明院家の本邸に戻ってこられたのがつい先ほどのことである。

つまり、いつも通り、お嬢様の捜査に付き合わされた薫以外の御側仕え二人もまた、ようやく戻ってくることができた、という塩梅《あんばい》である。

「また随分と絵に描いたようなシチュエーションだったみたいですね。脱出不可能な天然の密室に、閉じ込められた容疑者たち。その中に潜む凶悪な犯人。果たして無事に帰還することはできるのか、みたいな」

「まあ別に戻ってこようと思えば、いつでも戻ってこられたんだけどね」

「えっ？　そうなんですか？　でもかなり天候が悪かったんじゃないんですか？」

「どんな悪天候だろうと、お嬢様が帰ると言えば、お連れするのが俺の役目だから」

如何なる状況でも乗り物さえあれば、お嬢様を目的地まで連れていく。それが凄腕運転手・鞍馬志水のアイデンティティである。

「それでも帰ってこなかったのは？」

「当然、お嬢様が帰りたくないと駄々をこねたからさ」

付き従う執事から帰るように進言があったらしいが、当たり前のように却下。

わざわざ目の前に舞い込んできたビッグイベントをスルーするなんてことは、お嬢様の辞書にはない。

「まあ、俺に関して言えば、お嬢さまからの命令もそれほどなかったし、そこそこ楽しい旅行だったよ」

座右の銘である『適材適所』を盾に、志水は今回も命令がなければ何もしなかったらしい。

「念の為に聞きますけど、お嬢様のお友達に手を出したりしてませんよね？」

「まさか。お嬢様のお友達には手を出したりしないよ」

つまり他には何かあったようだ。

「ひと夏の過《あやま》ち。その甘美な響きに恋焦がれるご婦人方に、美しい思い出を差し上げる。それも運転手としての義務だろ？」

いや、それって運転手のお仕事なの？　と思ったが同時に、でも志水さんならどんな女性でも望むようにエスコートしてしまうんだろうな、とも薫は思った。

「ちなみに勇悟さんはどうだったんですか？」

まだ戻ってきていないもう一人の御側仕えについて尋ねると、志水は肩を上げる。

「相変わらずの完璧執事ぶりだったよ」

この夏のお嬢様は、事件を嗅ぎまわるのに大忙しだったこともあり、最近ではお嬢様がお出かけの際には、言われなくても（監視の意味も込めて）必ず同行していた道明院家の第四執事は、何時如何なる時であっても、どなたに対してであっても完璧な対応をしていたそうだ。

「あまりの素晴らしさに、居合わせたロイヤルファミリーのご令嬢から『是非、我が家で働いてくれないか』とお誘いがあったほどだよ」

「それってヘッドハンティングってヤツですよね!?　凄いじゃないですか！」

目を輝かせる薫。

「由緒ある家柄の方々に認められるだけの作法と教養を、勇悟は完璧に持ち合わせているからね」

「分かります。勇悟さんって本当に凄いですものね。……というか勇悟さんって、外国語もペラペラなんですか？」

「確か五ヵ国語くらいは話せたはずだよ」

「凄い！」

「薫はどうなの？」

「いや……普通に日本語と英語を少々くらいです」

「なるほど。それは勇悟が知ったら喜びそうだ」

自分の教育係でもある勇悟から、毎日、御側仕えとしての教養を学んでいる薫。その勉強の中に、さらに語学が追加されるのは遠くないかもしれない。

そこでふと思う。

「ちなみに志水さんはどうなんですか？　長く英国で暮らされていたんですよね？」

留学中の可憐お嬢様に雇われるまではずっと海外暮らしだった運転手に尋ねると、冷えたグラスに入ったミネラルウォーターを飲みながら、志水は爽やかな笑みを浮かべる。

「まあ、それなりかな」

それ以上、何も言わない志水。

なんだろう。絶対に勇悟さんより色んな外国語を喋れるようにしか思えないんだけど、と思ってしまう薫。

「ところで薫の方は、俺たちがいない、ここ数日はどうだったんだい？」

「変わらずお屋敷での日々を粛々と過ごしていましたよ」

というのは建前で、実は結構のんびりしていた。

別に仕事をサボっていたということではない。

午前中にきちんとお屋敷の仕事をこなし、午後は日課である御側仕えとしての勉強。ただ夕方以降は早めに燕尾服を脱ぎ、夕食後はひとりで本を読んだりして過ごした。

訓練の一環としてある、同室二人の先輩の世話がなかったこと。なによりお嬢様からの呼び出しを気にせずにいられたこともあり、薫は一人、部屋でゴロゴロしながら非常にリラックスした時間を過ごすことができていた。

カツカツカツ
廊下から、そんな音が聞こえてきたのはその時だった。

本来ならば聞こえるはずのない靴音。だが客人を迎える教育の一環として、薫に聞かせる為に響かせている規則正しい足音。

それが近づいてくる。

薫はすぐさま扉の前まで移動すると、背筋を伸ばす。

「今戻りました」

部屋に入ってきたのは眼鏡をかけた執事。

岸《きし》勇悟。三十四歳。

道明院家の第四執事にして可憐お嬢様の専属執事でもある。全てを十全にこなす完璧執事であり、薫たちの実質的なリーダーである。

「お疲れ様です、勇悟さん。何か飲まれますか？」

「適当に冷たいモノをお願いします」

「かしこまりました」

すぐさま冷蔵庫で冷やしておいたアイスティーをグラスに注ぎ、テーブルの椅子に座る勇悟に出すと、キッチンスペースに戻った薫は、お土産のスイカを切るべく、包丁を取り出す。

勇悟が戻ってきたのを見て、グラスを片手に、テーブルにある自分の席にやってきた志水が、他の二人に向かって笑顔を向ける。

「今日の仕事ももう終わりだ。久しぶりに三人そろったことだし、何か遊ぼうか」

仕事を終え、部屋に戻ってきたあと、一緒に何かをして過ごすのが三人のお決まりのパターンである。

「いいですね」

志水の提案に、スイカに包丁を入れる薫が嬉しそうに笑う。

「いえ、そういうのはいいですからスイカをください」

だが一方で、椅子の背もたれに寄りかかる勇悟がそんな言葉を放った。

「勇悟さん？」

「なるべく大きいので。何も考えずに齧《かぶ》り付きたいです」

完璧執事・岸勇悟は疲れていた。いや疲れ果てていた。

今の勇悟は見ているだけで、そんな言葉が自然と浮かんでしまうほどの有様だ。

スイカを食べやすい大きさにカットし大皿に載せて持ってきた薫は、自分の知らない四日間を勇悟と過ごした運転手にこっそり尋ねる。

「志水さん、なんだか勇悟さん、凹《へこ》んでいないですか？」

「ああ、たぶん失敗したからじゃないかな」

「失敗？　勇悟さんが？」

この完璧執事に限って、そんなことがあるのか？

「まあ正しくは、本人がそう思っているだけだけどね。別に何かしらの粗相をした訳じゃないよ。単にまた、推理中のお嬢様の行動の意図がまったく理解できなかっただけだよ」

「なるほど。いつものヤツですか」

岸勇悟は非常に有能な執事である。しかしだからと言って、お嬢様探偵と称される可憐お嬢様の助手な訳ではない。

常識の範疇《はんちゅう》から逸脱して行動するお嬢様のやることなすことが、勇悟にはまったく分からないのである。

日常的なことならまだ対応できるが、こと事件のこととなると、その行動原理がさっぱり分からず、お嬢様に命令された通りにしか動けない。

それが本人的には納得できないらしい。

先んじて全ての支度を済ませ、主を何一つ煩わせることなく、健やかな日々を過ごしていただく。

それこそが、岸勇悟の抱く、執事としての理想であるからだ。

上流階級で生まれ育った普通の主ならば、そんな至れり尽くせりな勇悟の執事ぶりには、いたく感心することだろう。

しかし可憐お嬢様はそうではない。

完璧とは当然のことをただ模範的にこなすだけであり、奇抜さや意外性とはかけ離れた酷《ひど》く退屈なモノ、という偏屈な考えを持っているからだ。

故に、可憐お嬢様の勇悟に対する評価はだいたい「普通ね」の一言で終わる。

どうやら今回の旅行でも、これまでと同じようなことが繰り返されていたらしい。

「と、とにかく。スイカを食べて嫌なことは忘れましょう」

そう愛想笑いを浮かべながら、自分用のアイスティーを準備した薫もまた、自分の席に腰を下ろす。

「いただきます」とスイカに手を伸ばす三人。

赤く色づいた果肉をシャクッと齧ると、瑞々しい甘さが口に広がる。

「うん、美味《おい》しいね」

「本当に甘くて美味しいですね」

喜ぶ志水と薫とは裏腹に、黙々とスイカを味わう勇悟。

いつもなら美食家顔負けのコメントが飛び出してきてもおかしくないのだが、その気配もない。

どうやら本当に疲れているらしい。

「そうだ。薫、アレを取ってよ、アレ」

スイカを齧りながら志水が言う。

「？　アレ、ですか？」

「勇悟でもいいや。アレ取ってくれる？　アレ」

「自分で取りなさい」

そう言いながらも席を立ち、塩の小瓶を持ってくる勇悟。

「ああ。お塩でしたか。というか勇悟さん、アレで分かるんですね」

「執事なのですから、分かって当然です」

勇悟は当然のようにそう言うと、新しいスイカに手を伸ばす。

「流石《さすが》ですね、勇悟さん」

「だけど、ことお嬢様の推理では、こういうことができないんだよね」

自分のスイカに塩を振る志水の言葉に、勇悟の肩が落ちる。

「そうですね。私は執事失格です」

完璧故に、変人であるお嬢様の言動が予測できない。それが勇悟の心に重く伸《の》し掛かるようだ。

「一流の気概を持つっていうのも大変だ。そんなこと気にせずできることだけやればいいのに、適材適所」

「で、でも勇悟さんは本当に凄いと思いますよ。さっき志水さんに聞きましたけど、ヘッドハンティングされたんですよね？　よく分かりませんけど、お誘いを受けたのは、とても名誉なことじゃないんですか？」

元気付けようと、そう話を振る、薫。

「今の自分の主に満足いく結果を出せていないのに、他の方にお仕えする訳にはいかないでしょう」

まあ言わんとすることは分かるが。

「なんというか、勇悟さんが可憐お嬢様を満足させられるのってかなり厳しいのでは？」

能力の問題ではない、相性の問題である。

人には向き不向きがある。

いくら一流の猟師であっても、海の上では素人も同然。

どれだけ優れた技術を有した執事であっても、仕えるのがあの可憐お嬢様では、実力を発揮しようがない。

「私は自分の生き方で逃げるようなことはしたくないだけです」

「事実を受け入れ逃げることを、プライドが邪魔をしたってところかな」

それらしいことを言う勇悟の台詞が、志水によってあっさり切り捨てられる。

薫は思ってしまう。

誰でも完璧におもてなしできるはずの勇悟が、人生で最初にお仕えすることになったのが、唯一例外にあたる可憐お嬢様だった。

これを不運といわずなんというのだろうか？

なんとなく志水と目が合ったが、志水は自分の口元に人差し指を当てて見せる。

どうやら、それは思っても言わないように、ということらしい。

いや、どうして僕の考えが分かるんですか？　とも思ったし、そうじゃなくても志水さんがもうすでに色々と弄《いじ》っているじゃないですか、とも思ったが、ここは素直に従っておく。

勇悟は仕事を完璧にこなし、非常に頼れるリーダーではあるが、実はメンタルが弱い完璧チョロ執事であることを、薫もきちんと理解しているからだ。

「志水くん。なぜ私はヨーロッパではなく、日本にいるんでしょうね？」

「そりゃ、プリンセスのお誘いをお断りしたからだろ？　俺の見立てでは、あのプリンセスは勇悟に仄《ほの》かな恋心を抱いていたね」

「一国の姫君に対して、冗談でもそういうことは言わないように」

「プリンセスの前に彼女も一人の女の子だ。素敵な男性にときめくのは当然だろう？」

そんな二人の様子を見て、薫は思わず笑ってしまう。

「スイカを食べながら話す会話じゃないですよね」

さっきからスイカを食べては種を吐き出す二人の行動と会話のギャップが激しい。

「今からヨーロッパに行っても間に合いますかね？」

「いや、流石にそれは恰好悪くないですか？」

自分もまた口の中の種を皿に出しながら、薫は思ったことを口にする。

「ですよね」

「いや、そこは言いようさ」

だがそう反論したのは志水である。

志水がゆっくりと立ち上がり、薫の隣に膝を突く。

「ご無沙汰しております、プリンセス」

「勇悟さん、どうしてここに？」

即興寸劇でお姫様を演じる薫。

「あの孤島より戻ってからも、どうしてもあなたの美しい姿を忘れることができず。全てを捨ててここまでやって参りました」

「勇悟さん」

志水は薫の手を取り、そっと見上げて憂いの瞳を向けてくる。

「どうかこれからの時間を、あなたの側でお仕えすることを許してはいただけないでしょうか？」

「〜〜〜！」

「と、まあ、こんな感じかな？」

ニッコリと微笑《ほほえ》みながら演技を終了する志水。

「……いや、ヤバイですね」

薫はメチャクチャドキドキしてしまった。

その情熱的な台詞と志水の瞳の美しさに。

自分の席に戻った志水が新しいスイカに手を伸ばすのを見ながら、勇悟が「なるほど」とまんざらでもない反応を見せる。

「もしそうなったとして、勇悟さんが出ていくと聞いたら、可憐お嬢様は引き留めますかね?」

「いや、引き留めないんじゃないかな」

確かに「ふーん、あっそ」と言って、見送る姿が容易に想像できる。

次の瞬間、バンとテーブルが思い切り叩かれる。

「もう十年も仕えているのに、それはないでしょう!」

いきなり吼《ほ》える勇悟に、薫だけではなく、流石の志水も驚く。

「い、いや、単なる俺たちの妄想だからさ」

「そ、そうですよ、冗談ですから。いくらお嬢様でも、いざそうなったら、ちゃんと止めてくれますって」

「……二人とも、本気でそう思っていますか?」

睨まれるように勇悟に尋ねられ、二人は無言で目を逸らした。

二人の中のお嬢様が、「それじゃバイバイ」となんの興味もない素振りで去っていったからだ。

プルプルと震える勇悟を見る限り、やっぱり勇悟の中の可憐お嬢様も「お疲れ～」といなくなってしまったのだろう。

「やはり一度『ぎゃふん』と言わせなければ、私のプライドが許さない」

勇悟が可笑《おか》しなことを言い出した。

主を『満足させる』から、主を『ぎゃふんと言わせる』になっている。

その様子を見て、志水が「うーむ」と呻《うめ》く。

「なんというか、アレに似ているよね。海外のヒーロー物で、悪役が生まれる瞬間」

「とても誠実だった人間が、ヒーローのチートを前に闇堕《やみお》ちするみたいな感じですね」

水曜日恒例の映画上映会で見た某海外マンガ原作の映画シリーズを思い出す。

そんなヒソヒソ話をしている二人の前で、勇悟がニヤリと笑う。

「とにかく、こうなったらお嬢様を超えるしかありませんね」

不敵な笑みを浮かべる勇悟に、薫は恐る恐る尋ねる。

「えっと、具体的には？」

「お嬢様が謎を解かれる前に、すでに謎を解き終え、何かしらの指示が出された時には、すでに準備を済ましておきます」

つまりお嬢様が犯人捜しをすると言い出す前に、犯人捜しを終えていて、犯人を炙《あぶ》り出す前に犯人を炙り出す準備を終えていて、犯人を捕まえる前に犯人を捕まえる手筈も整えておく、ということらしい。

「そして私は完璧となる」

両手を広げ、そう宣言する岸勇悟、三十四歳。

そんな勇悟の姿を前に、同室に住む二人は――

「このスイカ甘いな。もう一つ、貰《もら》おうかな」

「あっ、志水さん。僕にも塩貰えます？」

目の前の問題について、考えるのをやめた。

そんな世の中の縮図みたいなやり取りをしている中、志水が「ああ、そうだ」と手を叩く。

「悪役で思い出したけど、薫は可憐お嬢様からの電話で、あの件についてはもう聞いたかい？」

「？　どの件ですか？」

と言ったところで、薫はハッとなって、慌てて言い直す。

「というか、電話ってなんのことかな～。僕、全然分からないな～」

明後日《あさって》の方向に目を向けながら「あはは」とぎこちなく笑う薫。

「いやいや、別に今更隠さなくていいから、この四日間、可憐お嬢様と電話で何度かやり取りしていただろう？」

「そ、そ、そんなことしてませんよ～」

志水の指摘に、思いっきり動揺する薫。

「……まあ、もうそれでいいや。とにかく、本題としては、今回の一件も、どうやら、例の『蛇の女』が裏で糸を引いていたらしい」

「本当ですか！」

初耳の情報に、薫は素直に驚く。

蛇の女。

先日の『呪われたマトリョーシカ連続盗難事件』で、その存在が発覚した、正体不明の女。

分かっていることは、社交界に強いコネクションがある相当な切れ者であること。趣味で犯罪計画を練り、それを悪だくみをする人間にバラ撒いていること。その内股《うちもも》に蛇のタトゥーがあること。

非常に危険な人物だ。

趣味で難事件を探しては現場に乗り込み、勝手に解決するどこぞのお嬢様とどっこいどっこいである（いや別に、お嬢様の存在が迷惑だなんて口に出して言うつもりはないけれど)。

「今回の事件から何かしらの匂いでも感じたのか、解決後にお嬢様が犯人に尋ねたら、素直にそれを認めたよ」

「お嬢様の反応は?」

「そりゃ大喜びさ」

「それはつまり、蛇の女の犯罪計画は、お嬢様の大好物になっている、ということですかね?」

「だろうね」

重たい気分になる。

「想像したくないですけど、これからますますお嬢様が活発になりそうですね」

「それだけじゃない。この短い間に二つも犯罪計画を潰したんだ。向こうが可憐お嬢様に目を付けてもおかしくはない」

ただでさえ(これ以上お嬢様を暴れさせる口実を与えたくないと思っている薫たちにとってという意味で)厄介な相手が、向こうから近づいてくるかもしれないのだ。

考えただけでゾッとする。

「どうやらお嬢様を超える機会が早くもやってきそうですね」

そんな薫たちの不安とは裏腹に、不気味な笑みを浮かべる闇堕ち完璧執事。

いつもなら薫たち以上に勇悟が頭を抱える場面なのだが……。

「勇悟さんのヴィラン化が止まりませんね」

「今夜くらい好きにさせてあげよう。今回の旅行で一番苦労したのは、勇悟なんだからさ」

まあ明日には、あっさり元に戻っているのは容易に想像できる。

「さあ、スイカを食べたらお風呂に入ろうか。久しぶりに薫に背中を流してもらおうかな」

「構いませんけど、変なことしないでくださいよ」

そうして夜は更けていく。


——後日談。というか翌日の夜。

《椿の三》の間にて、神妙な面持ちで顔を突き合わせる三人。

そんな中、勇悟の眼鏡がクイッと上がる。

「という訳で、御当主様のご命令により、可憐お嬢様が一ヵ月間の自宅謹慎となりました」

勇悟からの報告に志水がニヤリと笑う。

「それはまた俺たちとしても非常にありがたい展開だ。……というか、勇悟。何かしたね？」

薫の淹《い》れた紅茶を口にする勇悟が肩を竦《すく》める。

「妙な蛇に目を付けられても困りますからね。しばらくお嬢様には大人しくしていただきましょう」

流石は元に戻った完璧執事。この辺りの采配に抜かりはない。

現当主である父親の命令となれば、可憐お嬢様といえども従うしかない。

とはいえ。

「可憐お嬢様、それで素直に大人しくしてくれますかね？」

薫が口にした心配事に対して、勇悟と志水はあっさりと断言する。

「無理でしょうね」

「無理だろうね」

「ですよね～」

三人はため息を吐《つ》く。

「そうであっても何もしない訳にはいきません。本人にその気がないのは目に見えていますが、そうであっても極力大人しくしていただくように我々が努めなければならないでしょう」

「やれやれだね、まったく」

勇悟の方針に天を仰ぐ志水同様、薫もまた思ってしまう。

ろくでもないことにならなければいいけど。

当然、そんな薫たちの淡い願いが叶う訳もなく。

この決定が、この度の一連の出来事の始まりとなるのだった。

# 第二話　自分のデビューは自分で決めろ

怪物は危険だからと牢に閉じ込めておく。

果たしてそれは正解なのだろうか？

牢に入れることにより、危険な怪物は更なる狂気に走るのではないか？

以前、水曜日恒例の映画会で志水セレクションのサイコサスペンスを見たせいか、文月薫はそんなことを考えてしまう。


それは、可憐お嬢様の一ヵ月の自宅謹慎が決まってから、わずか二日後の夜の出来事だった。

午後八時過ぎ。

《椿の三》の間ではすでに本日の仕事を終えた薫と志水が思い思いにくつろいでいた。

志水はいつも通りソファに寝転び雑誌を眺め、薫もまたテーブル席に座り、ポケットから取り出したメモ帳を捲《めく》っていた。

薫には少々変わった趣味がある。

習ったことや気になったことをなんでもかんでもメモ書きしていくのだ。

メモ帳自体は百均で買えるような安物だが、ペンは亡くなった祖父から譲り受けた万年筆を使っている。

昨今はスマホを使えばなんでも便利にできる時代だが、薫は幼少の頃から変わらずメモ帳を使っている。

祖父から教わったこの方法が自分には一番合っていると思っているからだ。

自分なりのこだわりというのも色々と持っている。

メモに書く文字は、書き方一つで様々な味わいを表現することができる。文字の大小。文字の上手下手。時には達筆に、時には崩して。バリエーションは多彩だ。

だからこそ、ただ文字を書くだけでなく、その時の自分の気持ちや感情も文字に込めるようにしている。

だからといって、書くことに時間を掛けるのも違うと思っている。

所詮はただの走り書きだ。あっという間に書き終えることができることに、わざわざ十分も二十分も掛ける意味はない。

だから素早く、一度で書き終える。

時々失敗もするがその辺りはご愛敬。

そんなスタイルを、薫は自分のモットーとしている。

加えて薫の場合、記憶術の一環としても、このメモ書きは非常に役立っている。

薫は自分のメモ書きを見れば、それを書いた当時の記憶を鮮明に思い出すことができるからだ。

カツカツカツ
廊下から規則正しい足音が聞こえてきたことに気付き、薫はメモ帳をポケットにしまい、椅子から立ち上がる。

「戻りました」

「お疲れ様です、勇悟さん」

扉を開けて入ってきた勇悟を薫は笑顔で出迎える。

「何かお飲みになられますか？」

自分のテーブル席に腰を下ろした勇悟に尋ねる。

「ではニルギリをお願いします」

「かしこまりました」

自分の教育係である勇悟からのオーダーに、キッチンスペースに立った薫は、メモ帳を取り出し、ページを捲る。

【ニルギリは、煮るギリギリで】

ぐつぐつと煮立ったお湯を表現した丸みのある字で書かれたメモを見てから、目を閉じる。

それだけで、以前、勇悟に教わった紅茶の淹れ方が、記憶の中から鮮明に蘇る。

「よし」

お湯を沸かし始め、棚の中からニルギリの茶葉を取り出し、完璧執事である勇悟から教わった最高の淹れ方を忠実に再現していく。

「薫、俺にも頂戴」

ソファから起き上がった志水がキッチンスペースにやってくる。

「もちろん、準備していますよ」

「あと、なにかお茶請けはあるかい？」

「はい。今日は遊馬《ゆうま》くん特製のマドレーヌです」

「そいつは楽しみだ」

道明院家の厨房でパティシエ見習いをしている阿須《あす》遊馬は、薫が道明院家で働き出してからできた同年代の友人だ。

職人気質《かたぎ》で口数は少ないが、優しくてカッコイイというのが薫の印象だ。

遊馬くんは、試作で作った美味しいお菓子をいつも分けてくれる。

そんな遊馬くんのスイーツを、甘味が大好きな二人の先輩は大いに気に入っており、もはや遊馬くんの虜《とりこ》と言っても過言ではない。

「そこのお皿に並べてありますから。よければテーブルに運ぶのをお願いしてもいいですか？」

「勿論」

マドレーヌのエスコートを志水に任せ、薫は紅茶の支度を進めていく。

「お待たせしました」

テーブルに着いた勇悟と志水の前にカップを置き、紅茶を淹れていく。

それが終わると一礼し、自分の席に座って自分の紅茶をカップに注ぐ。

「では、いただきましょう」

こうしていつものように、《椿の三》の間での夜の茶会が始まる。

勇悟は紅茶を一口飲む。

どうだろうか？　と窺う薫。

勇悟の舌はとても繊細なので、少しの至らなさもすぐに気が付く。

「まあいいでしょう」

どうやら及第点のようで、薫はホッとした気分になる。

そのままマドレーヌに手を伸ばすかと思いきや、勇悟は薫に視線を向ける。

「文月くん、このマドレーヌについて説明してください」

突然、勇悟がそんなことを言い出した。

「？　説明といいますと？」

「もしもこれをお客様にお出しすることになった時、このマドレーヌをあなたはどう説明しますか？」

どうやらこれも使用人としての訓練の一環であるらしい。

もう一度席から立ち上がり、勇悟がお客様であると、想定しながら口を開く。

「これは当家パティシエ見習いが作ったマドレーヌになります。とても美味しく、お客様のお口に合うと思います」

「具体的にどんな味ですか？」

そう尋ねられ、薫は言葉を詰まらせる。

どういう味かと言われれば、それは大変美味しいマドレーヌとしか表現しようがない。

遊馬くんから分けてもらった時に、味見として出来立てを食べさせてもらったが、とても美味しくて、思わず遊馬くんに抱き着いたほどだ。

「その……世界で一番美味しいマドレーヌです」

すると端から見ていた志水が噴き出した。どうやら薫の回答がツボにはまったらしい。

「具体性に欠けますね」

「その、食べてもらえば分かると思います」

すると勇悟が「もう結構」と不機嫌そうな表情を浮かべる。

どうやらこちらは落第点であったらしい。

しょんぼりしながら椅子に座る。

そして勇悟がマドレーヌに手を伸ばし、パクリと一口食べた次の瞬間。

「こ、これは……」

そこから勇悟による遊馬くん特製マドレーヌの描写が行われた。

上品な甘さが全身を駆け巡る、ブランデーの香りが鼻腔を擽《くすぐ》る、口の中で貝が開き、ヴィーナスが姿を現した、などなど。

後半は訳が分からない描写が飛び出しまくったが、総じてとてもお口に合ったようである。

「これだけ秀逸なマドレーヌに対して、あんな稚拙な表現しかできないなんて」

額に手を当て、苦悩の表情を浮かべる勇悟。

えっと、これは怒られている場面なのかな？

そんな戸惑う薫の前で、勇悟はさらにこう零《こぼ》す。

「これで本当に許していいのか、流石に不安になりますね」

「？　許すって、なんの話ですか？」

そして勇悟は、本題と言わんばかりに、それを薫に告げた。

「急遽、文月くんのサロンデビューが決定しました」

薫は目を見開き、マドレーヌに手を伸ばしていた志水は口笛を吹く。

「それまた随分と急な話だね」

道明院家サロンは、社交界の中でも格式があり、そこで午後のお茶会をすることが一種のステイタスとなっている。

当然、そこでボーイを務める使用人たちには、高い技術が求められ、その為に厳しい訓練を受ける必要がある。

加えて、召使《フットマン》である薫の場合、少々特殊な事情が絡んでくる。

道明院家において、通いで働く人間を総じて使用人という括《くく》りで統一する一方、【召使】と呼ばれる者は、御側仕えの中にしか存在しない。

それは道明院家が繁栄したのが、明治時代の文明開化の折であり、そこで入ってきた英国の貴族文化の影響を強く受けているからだ。

召使に求められる役目とは、他の使用人たちと同様の仕事をする一方で、お客様たちの目を楽しませる存在であること。

つまり道明院可憐の召使である文月薫は、可憐お嬢様が所有する見世物でもあることを意味している。

そんな事情から、薫がサロンでお披露目されることもまた、道明院家で勤め始めた時から決まっていたことだった。

とはいえ――

「まだ先の話だと思っていました」

薫が道明院家で働きだして半年。当初勇悟から聞いていた訓練期間は、最低でも一年ということだったが、それにも全然届いていない。

「文月くんの教育係を務める私自身、まだまだ教えることは多いと考えています。ですが、これは可憐お嬢様たってのご希望、いやご命令です」

淡々と主の意向を伝える勇悟ではあるが、その顔には明らかに不服であると書かれている。

「勇悟から見て、今の薫は何点くらいなの？」

マドレーヌを口にする志水の質問に、勇悟が「そうですね」と考え込む。

「四〇点と言ったところですかね」

「えっ！　僕ってそんなに評価が低いんですか⁉」

結構ショックを受ける薫。自分としては、この半年間、頑張って勉強してきたつもりだったのだが。

「気にすることはないよ、薫。勇悟の採点基準が厳しいだけだから。たぶん普通なら八〇点は固いよ」

　つまり、勇悟の基準は一般的なものからすると倍厳しいらしい。

「まだまだ動作に隙がありますし、紅茶の種類も完全には把握しきれていない。味の表現も稚拙であり、鍛える余地は幾らでもある。最低もう一年は欲しいところです」

　完璧執事が求めるクオリティは果てしなく高いようだ。

　だが勇悟はこうも続けた。

「とはいえ、文月くんには、最低限の礼儀が備わっていることは認めています。とりあえずデビューは許しますが、今後も引き続き、鍛えていくので覚悟するように」

「精進します」

　薫としても、完璧執事である勇悟から学びたいことはまだまだ沢山あるので、望むところである。

「それで、勇悟。薫のデビューの日付はいつになったんだい？」

「九月の吉日とのことなので、五日後ですね」

　本当に急な話である。

「つきましては、可憐お嬢様から、文月くんをどのようにサロンデビューさせるか、何か良い案があれば出すように、との言伝《ことづて》を受けてきました」

「えっ？　僕たちで考えていいんですか？」

「最終的にはお嬢様がお決めになることでしょうが、どうせだから何か考えてみろとのことです」

「なら考えるだけ無駄になる可能性もある訳だ」

「ですが万が一、お嬢様がろくでもないことを考えついた場合、それを回避する唯一の機会であるとも言えます」

確かに。あの可憐お嬢様なら、どんな奇抜なことを言い出しても不思議ではない。

「ちなみに通例だと、どんな感じになるんですか？」

「普通は何もありません。サロンにお越しのお客様にとって、よほどのことがない限り、ボーイを務める使用人はただの使用人です」

「わざわざ新人が入ったからといって、それに対して何かを言うこともないからね」

「ですが文月くんは可憐お嬢様の御側仕えであり召使なので、お嬢様のお付きとして、何かしらの紹介、挨拶はあってしかるべきでしょうね」

薫のサロンデビューとはいえ、あくまでメインは可憐お嬢様であることを忘れてはならない、ということらしい。

「勇悟さんはどんなのがいいと思いますか？」

そう薫に尋ねられ、しばし考えを巡らせる勇悟。

「やはり個人的には召使のサロンデビューなど大々的にやるモノではないと思ってい

ます。それでもやるのならば、可憐お嬢様が当日お越しになったお客様方を集められ、そこで文月くんを紹介、本人が頭を下げる。くらいが無難でしょうかね」

　勇悟の意見に、薫が目を見開く。

「えっ！　お客さんたちにわざわざ集まっていただくんですか？」

「道明院家サロンは、ご予約を取られたお客様がそれぞれお席でお茶を楽しまれる場ではありますが、形式的には道明院家に招かれている、というスタンスですからね。ホストの家族である可憐お嬢様から何かしらの発表があるのなら、ゲストの方々に集まっていただくのは当然のことです」

　これぞ明確な格付けがある上流貴族文化。

「いや、それはちょっと……」

　社交界の面々の視線が集まる中に、自分が立たされると思っただけで薫はゾッとしてしまう。

「俺もどうかと思うな」

　そう反対意見を述べたのは志水だった。

「と言いますと？」

「確かに勇悟の案が今回のケースでは合っていると俺も思う。ただ決めるのがお嬢様であった場合、勇悟のごく一般的な普通の案が受け入れられるかどうか」

「人の意見を、ごく一般的な普通などと言わないように。……ですが、確かにお嬢様がそれで満足するとも思えません」

こんな案を出したところで、可憐お嬢様の「普通ね」の一言で片づけられるのは目に見えている。

「なら志水くんはどんなのが良いと思いますか？」

勇悟がそう尋ねると、志水がニヤリと笑う。

「インパクト勝負。むしろ大々的に宣伝するんだ。『お嬢様探偵の召使』みたいな感じでさ」

「わざわざ宣伝するんですか！」

思わず悲鳴を上げる薫。

「さらにサロンでは、最初から【指名枠】に入れるのもいいかもね」

そこで薫は「きょとん」となる。

「あの、勇悟さん。指名枠、というのは……」

「基本、道明院家のサロンでは各テーブルにボーイが付きますが、誰がどのテーブルを担当するかは、言ってしまえばランダムです。ですが指名枠に入っている一部のボーイに限り、事前に予約を取ることができるようになっています」

「そんなのがあるんですか？」

「以前はなかったのですが、一部の常連のご婦人方からの強い要望がありまして。奥様が導入されました」

道明院家において、サロンを取り仕切るのは、代々当主夫人の役目であり、男性陣は一切口を挟まないことになっている。

現在サロンにおける最高権力者は、可憐お嬢様の母親に当たる奥様であり、格式ある伝統だけに囚われない新しい試みを幾つかされていると聞いたことがある。

「ちなみに、そんな指名枠の一人に入っているのが、ここにいる志水くんですね」

「そうなんですか！」

可憐お嬢様の御側仕えの一人として専属運転手を務めている志水であるが、その容姿と立ち振る舞いを買われ、不定期にサロンに顔を出し、イケメンのボーイとして社交界の女性陣から人気を博している。

それは知っていたが、まさかそこまでだったとは。

「志水くんの場合、ゲリラ的な登場だけでなく、月に数度テーブル担当として予約を取っています。毎回、即時枠が埋まり、裏では破格の値段でその権利が売買されているなんて噂もあります」

まあ確かに、志水の接客には間違いなくそれだけの需要はあるだろう。

驚く薫に、志水が笑う。

「まあ指名枠と言っても、基本やることは変わらないから。とはいえ、ただお茶のサーブだけでなく、お客様と会話をして盛り上げたりもするね」

志水の真骨頂は、まさにそこにあるのだろう。

「ですが、志水くん。本来なら指名枠に入るには、それなりの段階を踏む必要がありますが……」

「だから、特例でその辺りを全部すっ飛ばして、指名枠に入れるんだよ。サロンデビューと同時にいきなり指名枠だ、目立たない訳がない」

「道明院家のサロンで『指名が必要な召使』という札を掛けることで、文月くんの価値を吊り上げる、という訳ですか」

「それだけで社交界では、注目の的だ」

ニヤリと笑う志水の意見に、勇悟が「なるほど」と納得する。

「ちょ、な、なんですか、それ！　ダメですって！　そんなことをしろって言われても、僕は特別なことなんて何もできませんよ！」

当然大反対の薫。両手で「×」を作って必死にアピールする。

「難しく考えなくて大丈夫だって。薫はそのままでいいから。薫に価値を付けるのは、あくまで周りだ」

「インチキじゃないですか！」

「世の中は得てしてそういうものだからね」

「とはいえ、文月くんで奥様の審査に通りますかね？」

「大丈夫だって、奥様はそういう嗅覚が敏感だ。薫は絶対に一部の女性に受ける素質がある。新人である召使、個室対応、二時間邪魔が入らない、くらいのオプションが付けば、すぐに……」

「いやそれダメですって！　色々とダメですって！」

「そうかな？」

「そうですよ！　というか志水さんはいつもそんなことしているんですか！」

「いやだな、薫。いつもはしていないよ」

じゃあ時々はやっているんかい、と思ったがこれ以上聞くのはやめた。

「案としては悪くないですが。……そもそもお嬢様がそれを良しとしますかね」

「まあ、ダメだろうね。お嬢様は薫をそういう風に使うのを良しとしないだろう」

あっさりと自分の意見を下げる志水。

「そうだと思っていたなら、なんでそんなことを言い出したんですか？」

むくれる薫に志水がニヤリと笑う。

「言うだけならタダだろ？　それに、そこから新しいアイデアが生まれることだってある」

もっともらしいことを言っているが、単に面白がっているようにしか薫には見えない。

「志水くんの意見は分かりました。では最後に、文月くん自身はどうですか？　どのように自分がサロンデビューするのが良いと思いますか？」

勇悟に尋ねられ、薫は改めて考えを巡らせる。

薫自身、サロンデビューについて考えていなかったわけではない。

自分の立場を考えた時、それは必ずやってくるモノだったからだ。

ただそこに特別大きな思い入れもなかったし、言われた通りにするんだろうなくらいにしか思っていなかった。

とはいえ、変なことで目立ちたくないし、奇抜なことがしたい訳でもない。

それにこのままでは、本当にトンデモナイことになりそうだ。

だから必死に考える。そして自分自身に尋ねてみる。

――僕はどうしたいんだろう？

「常にお嬢様のお側にいる、というのはどうでしょう？」

薫の口からそんな言葉が出た。

「というと？」

「お嬢様がいらっしゃらない時は、新人として、他の使用人の皆さんのフォローをする裏方として働きますけど、サロンにお嬢様がいらっしゃる時だけは、必ず僕がお嬢様のテーブルに付く、みたいな」

　恐る恐るといった様子の薫の提案に、勇悟が「続けてください」と先を促す。

「まだまだ勉強中ですし、何か特別なことはできません。大事なお客様のお相手をするなんて恐れ多いです。だけどお嬢様に美味しい紅茶をお出しする為に勉強してきました。だから今、自分が自信を持ってできることは、それくらいだと思っています」

　自分の中にただあるとすれば、それはお嬢様の為になることがしたい、という気持ちくらいだ。

　黙って聞いている二人に、薫はこう締めくくる。

「召使である僕が優先すべきは、主である可憐お嬢様であり、それを公然と行うことで、お嬢様の御側仕えとして、専属の召使としての立場を強調できるのではないかと」

「「……」」

「えっと、以上なんですけど、どうでしょう？」

　自分の意見を口にし終えた薫の前で、勇悟と志水が顔を見合わせる。

「その場合、やはりお嬢様と共に挨拶などをした方がいいですかね」

「いや、それなら、むしろしない方がいいと思うよ。ボーイも、お客様に尋ねられれば応じるし、お答えはするけど、こちらからは一切アピールしない」

「つまり、常に可憐お嬢様のお側にいる、というだけで周囲の関心を煽《あお》ると」

「噂を作るのではなく、好きに噂にしてもらう。そういうスタンスで攻めるべきだろうね」

二人が薫を見る。

「……悪くないですね」

「俺も同意見だ」

「えっ、本当にそれでいいんですか？」

「文月くんらしくていいと思いますよ」

「俺もそう思う」

二人の笑顔に、薫はホッとする。

「とはいえ、文月くんの意見をお嬢様が選ばれるかどうか」

確かにそうだ。

結局のところ、決めるのは可憐お嬢様であることには変わりない。

「ああ、それについては一つ考えがある」

手を挙げたのは志水だ。

「なんですか、志水くん？」

「勇悟、ちょっと耳を貸して」

そして志水が勇悟に何か耳打ちをする。

「……なるほど。ですが、それで効きますかね？」

「俺自身がお伝えしてもいいけど、たぶん勇悟からお伝えした方が、効果はあると思うよ。まあ、ちょっと言い方を工夫して欲しいけど、その辺りは言わなくても……」

「ええ、心得てますよ」

「？　あの、なんの話を？」

何やら勝手に話を進める二人を前に、頭に「？」が浮かぶ薫。

そんな薫に二人は言う。

「別に難しい話ではありません」

「自分のデビューの仕方くらいは自分で決めるべきだろ？」


——後日談。というか翌日の夜。

「という訳で、文月くんの案が採用になりました」

いつもの夜の茶会。紅茶とパウンドケーキを囲む席で、勇悟がそれを報告してきた。

「本当ですか？　お嬢様がよく認めましたね」

そう驚きながらも、やはり薫が気になるのは、昨日二人がしていたひそひそ話だ。

「上手くいったみたいだね」

ご満悦な志水の姿が、余計に気になる。

「あの、勇悟さん。やっぱり何か言ったんですか？」

「別に大したことは言っていません。ただお嬢様に『この案は文月くんからの提案であること』『また本人からどうしてもお嬢様のお側にという熱心なプレゼンを受けたこと』をお伝えしただけです」

ケーキを楽しむ勇悟がしれっと口にしたことに、薫は思わず紅茶を噴き出しそうになった。

「ちょ！　それじゃ、まるで僕がそうしたいと熱望したみたいじゃないですか！」

「そう聞こえるようにお伝えしましたが、違いましたか？」

「全然、違いますよ！　あれは変なサロンデビューにされない為であって、別にお嬢様の側にいたいとか、そういうつもりでは……」

「では違うと、直接お嬢様に言ってください」

「い、いや……それを言ったら、どれだけ怒られるか分からないというか、殴られるというか、なんというか……」

平たく言えば、殺されるに決まっている。

「それにどの道、似たような結果になる未来は変わりなかったようですしね」

「？　どういうことですか、勇悟さん？」

「どうやらお嬢様を甘く見ていたようです」

深いため息を吐《つ》きながら、嫌なことを忘れるようにケーキを頬張る勇悟の姿に、話を聞いていた志水が苦笑を浮かべる。

「悪い予感しかしないな」

そして勇悟がそれを宣言する。

「可憐お嬢様は、自宅謹慎の間、サロンにて『探偵事務所』を設立するとのことです」

「なんだい、それは？」

「正確には【探偵相談席】という名称らしいです。サロンに自分の席を用意し、そこで事件を募集するとか」

「なるほど。そうきたか」

どうやら、自分から事件を探しに行けなくなったので、向こうから来させることにしたらしい。

「俗に言う安楽椅子探偵というヤツですね。サロンの出し物の一つという形で、奥様からの承諾もあり、期間中、サロンの隅にお嬢様専用の席が用意されることになりました。文月くんはその間、お嬢様の側に控え、お嬢様と共にお客様の対応をしてもらうことになります」

どうやらこちらから何か言わなくても、初めからそうする腹積もりであったらしい。

「まあなんにしても、お嬢様は一ヵ月の自宅謹慎。その間はサロンに入り浸り。なら運転手である俺はしばらく休暇扱いかな？」

のんびりした様子で椅子にもたれ掛かる志水。

「そんなことはありませんよ、志水くん。あなたには、文月くんがサロンに出ている間、常にサロンでボーイの仕事をしてもらいます」

紅茶を楽しむ勇悟の言葉に、今度は志水が噴き出しそうになる。

「おいおい、勇悟。それは運転手の仕事の範疇にないだろ？」

「私は屋敷での仕事があるので、常に見ていることはできません。文月くんをフォローできるのはあなただけです」

「……そう言われると断り辛いな」

「ついでに言えば、お嬢様が自分の我儘《わがまま》を通す為に、志水くんを貸し出すと奥様と交渉されたので、拒否権はありませんよ」

どうやらすでにこれも決定事項であるらしい。

「やれやれ雇われの辛いところだね」

「とはいえ、お嬢様がお屋敷から出ることはないのですから、いつもに比べれば大分マシです。そうそう変なことにはならないでしょう」

紅茶を飲みながら、そう語る勇悟の話を聞いて、薫は何かを予感してしまう。

「……勇悟、それってなんだかフラグっぽくない？」

「縁起でもないことを言わないでください」

目を細める志水に、勇悟が心底嫌そうな表情になる。

どちらの言葉にも、薫はまったく同意見である。

# 第三話　三つの相談事　その一【老紳士の相談】

道明院家サロンにて、可憐お嬢様が『探偵相談席』を開設、合わせて薫のサロンデビューも滞りなく終わり、日が経つにつれ、その存在は社交界でも噂になり始めていた。

ほぼ毎日サロンへと顔を出し、指定席である日当たりの良い席に腰を下ろす『お嬢様探偵』。

そして、そんなお嬢様の後ろには、決まって眼帯を付けた若いボーイが立っている。サロンを訪れ、その様子を目にしたご婦人たちは、自分たちの接客を務めるボーイに尋ねる。

あれは誰かと。

「可憐お嬢様の御側仕えをしている召使《フットマン》になります」

その程度の情報だけでも、何かしらの想像を膨らませるには十分なのか、すぐに話は広がっていった。

加えて、お客様に若い召使のことを尋ねられたボーイたちは、決まってこう付け足すように命令を受けていた。

「可憐お嬢様はお話し相手を探してらっしゃいます。もし、何か奇妙な出来事に心当たりがあるようでしたら、是非テーブルにお越しいただきたいとのことです」

噂が噂を呼び、道明院家サロンは連日賑わいを見せていた。


可憐お嬢様の様子は、社交界でも注目の的になっている。

サロンの予約はさらに増え、道明院家への関心は更に高まっている。

この度の可憐お嬢様の戯れは、結果的に道明院家にとって良い方向に働いている。

道明院家の第四執事として、岸勇悟はそんな風に考える。

だが同時に、可憐お嬢様の御側仕えとして、これ以上、変なことにならないで欲しい、とも思っている。

「順調のようですね」

その日の夜、《椿の三》に戻ってきた勇悟は、紅茶を出してくれた薫に、そう声を掛ける。

「はい。色々と勉強させていただいています」

その表情には少々疲れが見える。

薫のサロンデビューから一週間。可憐お嬢様の自宅謹慎が始まり二週間。

お嬢様は、勇悟の予想に反し、とても静かに過ごしている。

「おかげでこちらは楽をさせてもらっています」

可憐お嬢様の専属執事である勇悟は、常にお嬢様のお側にいるという訳ではない。

朝、夕の特定のタイミング、呼ばれた時以外は、道明院家の第四執事としての仕事をこなしている。

本邸にある執事室には、勇悟のデスクがあり、日々、お屋敷の仕事が積み重なっていく。

日中にこれを消化するのが勇悟の役目ではあるのだが、これが唯一崩されるのが、お嬢様の悪癖（何処《どこ》からともなく謎を聞きつけ、その謎を解明すべく乗り出す）が出た時だ。

その場合に限り、勇悟は専属執事としてお嬢様に必ず同行しなければならず、すべての業務を後回しにする羽目になる。

結果として、ここ《椿の三》の間まで仕事を持ち帰り、片付けることになるのだが、お嬢様が謹慎している間は、そんなことにはならなそうだ。

日々を予定通りに過ごし、ほぼ決まった時間に仕事を切り上げ、部屋に戻ることができている。

そういう意味でも、お嬢様の自宅謹慎が始まってからの向こうひと月は、勇悟にとって安泰の日々が約束されていると言っても過言ではない。

一方で、その割を食っている（あえて生贄《いけにえ》とは言わないが）新人召使の薫の生活にも変化があった。

午前中は変わらず本邸での仕事にあたるが、昼食以降が違う。

これまで午後の時間は、御側仕えとしての勉強や訓練に割かれていたが、それが丸々サロンでの勤務になったのだ。

道明院家本宅敷地内にある専用の建物が道明院家サロンであり、その場所は、午後のお茶会の場として開放される。

昼食を挟み、他の使用人たちと同様にサロンに移動、お客様をお出迎えする準備を進めながらも、可憐お嬢様がサロンに来られる時間になると、お嬢様と共にメインホールに足を踏み入れ、指定のテーブル席に着くお嬢様の後ろに立つ。

お嬢様の背後に控えながら、お嬢様と向かいの席にお座りになられたお客様にお茶を出したりもするらしい。

特に失敗もなく、むしろその姿は非常に様になっており、好評を博していると報告が入ってきている。

薫の教育係である勇悟としては、とりあえず胸を撫で下ろす結果である。

「色々と相談事が舞い込んできているみたいですが、どんな感じなのですか？」

勇悟が尋ねると、自分の席に腰かけ、お茶請けのビスケットを食べる薫がサロンでの様子を語り出す。

「最初の頃、すぐさま席の取り合いみたいなことが起こったので、早々に予約制が導入されました。お一人あたり三十分くらいですね」

薫としては、最初からトラブルが起こるのは準備不足だったのではないか、と思ったらしい。しかし、むしろそういったことが起こることも想定して、あえてそのままだった、というのを後から聞かされ、驚いたそうだ。

「なるほど、と素直に思っちゃいました。確かに飲食店でも、開店日に行列ができているお店は気になりますけど、そうでないお店は、ちょっと二の足を踏んじゃいますからね」

一種の人間心理だ。他人が興味を示すモノは気になる。特にそれが周りにいる多くの人間が注目していることならなおさら。

「お嬢様への相談はどのように進んでいくのですか？」

「えっと、まずはお越しになられたお客様から簡単なご挨拶程度の話があり、早速本題に入ります。相談の内容も様々なんですが、興味本位で席につかれる方もいらっしゃるので、その場合は、早々にお帰りいただいています」

まあ、お嬢様が会話をバッサリ切って、追い払っているとも言うんですけどね、と苦笑を浮かべる薫は、話を続ける。

「ただ面白そうな話だと、お客様とのやり取りがわりと続いて、最終的にお嬢様が答えを導き出しますね」

「薫も時々、意見を求められるみたいだよ」

そう口を挟むのは、椅子に寄りかかりながら勇悟たちの話を聞いていた志水だ。

志水もまた、連日サロンに顔を出し、お越しになられた奥様方を大いに喜ばせているらしい。「運転手は運転が仕事なんだけどね」と悪態を吐《つ》きつつも、面倒見が良い志水は、お嬢様と薫をきちんと見守っているようだ。

「文月くんも話に参加するのですか？」

「お嬢様とお話を終えた奥様から聞いた話だと、会話の途中で、可憐お嬢様から話を振られて自分なりの見解を口にしたりしているみたいだね。ただ、どれもこれも惜しかったり的外れだったり、するみたいだけどね」

「ほう、それはそれは」

勇悟としては、ちょっと親近感を覚える報告である。

「漏れ聞いた話で、直接聞いた訳じゃないから確かなことは言えないけど、ほんと非常に的確な間違いみたいだよ」

どこか含みのある言い方に、薫は「そ、そんなことないですよ」と手を振るが、明らかに挙動不審だ。

この真面目な新人召使は、隠し事をするのにトコトン向いていない。

「そういえば文月くんは、相変わらずメモを取っているのですか？」

「はい。一応、お嬢様からお客様にお断りを入れてもらっています」

相談事はプライベートな話も含まれる為、そういった形に残るようなことを嫌う方々もいる。それでもお嬢様の為にメモを取っている、という体で許されているようだ。

正直、勇悟はメモを取るという行為に対して否定的だ。

一番は見栄えの問題。それに、本人の向上の為には役立つことかもしれないが、主に仕える者としては、自分の無能さを見せる行為でしかないと思っている。

またその行為自体が甘えに繋がるとも思っている。主の言葉や大切な事柄は、即座に覚えるという意識を常に持つこと。それが重要であると考えているからだ。

ただ薫はこの習慣だけは直そうとしない。

元々勤勉な性格に加え、本人の趣味でもあるらしく、勇悟が見栄えが悪いと注意した時も「では見られていないところでこっそりとメモします」と言い返してきたほどだ。

この指摘に関して本人が気を付けていること、加えて可憐お嬢様もそれを認めている節があるので、今のところは好きなようにさせている。

だが勇悟の教育計画として、いずれはやめさせようと考えている。

なんにしても、薫はサロンで上手くやれているようで、安心した。

「それで実際のところはどうなんですか？　お嬢様が待ち望まれているような、何か変わった事件の話は持ち込まれましたか？」

そう尋ねると、薫はどこか曖昧な表情を浮かべる。

「どちらかというと、相談事やちょっとした疑問、みたいなことばかりで、お嬢様が満足されるような事件や謎といったモノはなかなかありませんね」

まあ確かに、事件の話を持ってこい、と言われたところで、そう都合の良いモノがポンポンと持ち込まれてはこないだろう。

道明院家のサロンは会員制ではあるが、それでも一日の席には限りがある為、早めの予約が必要になる。

そんなサロンを利用するお客様からすれば、可憐お嬢様の気まぐれは、突如始まったゲリライベントであり、それ目当てでサロンを訪れるお客様というのはまだまだ少ない。

お嬢様の『探偵相談席』が始まって、まだ一週間。今後に期待といったところだろう。

まあ、それはそれとして。

「ところで文月くん、一つお願いがあるのですが?」

「? はい、なんでしょう?」

「お嬢様に持ち込まれた相談事のメモを取っているのであれば、何か良さそうなモノを私にも出題してみてくれませんか?」

「勇悟さんに、ですか?」

きょとん、とした表情を浮かべる薫。

その隣で志水がニヤリと笑う。

「なるほど。事件が起こったら、お嬢様より先に謎を解いて、執事として準備をしておくという例のアレだね」

「ああ。この前、言っていたヤツですか」

薫もポンと手を叩いて納得している。

明け透けに言ってしまえばその通りである。

完璧を常とする勇悟が唯一、可憐お嬢様より絶対的に劣っているモノ。

それが事件発生時にお嬢様が見せつける推理力である。

常時、主の行動を先読みし、あらかじめ全ての準備を済ませている勇悟だが、ことお嬢様の悪癖に関してだけは、完全な遅れを取り、ただただ命令された通りに動くだけの存在になっている。

勇悟としては、それがどうしても許せないのである。

これを改善したい（というか、むしろお嬢様を超えたい）と思っている勇悟であるが、なかなかその力を伸ばす機会にありつけない。

勇悟としても、お嬢様の圧倒的な探偵力を、すぐに超えられるとは思っていない。だがいつかそうなる為に、成長できるチャンスは逃したくないと考えているのだ。

「分かりました、もちろんお付き合いします」

薫が快諾。

「どうやら今夜のお茶会のテーマが決まったようだね」

志水もまた面白そうに協力の意思を見せる。

早速、ポケットからメモ帳を取り出した薫が「どれにしようかな？」とパラパラと捲り始める。

「うん、これがいいかな」

そして薫は、あるページで手を止めるとニコニコと笑い出す。

「この話。僕、結構好きだったんですよね」

「へぇ、どんな話なんだい？」

そんな薫のメモ帳を、志水が横から覗き込んでくる。

「あっ！　見ないでくださいよ、恥ずかしいです」

慌ててメモを隠す薫に、「ごめん、ごめん」と悪びれた様子もなく引っ込む志水。

気を取り直した薫が改めて勇悟に説明する。

「それでは今から勇悟さんのことをお嬢様と見立てて、僕はご相談を持ち込まれたお客様をできるだけ再現してみますね」

「つまり勇悟もお嬢様の真似をするわけだ」

「しませんよ」

「そこはしないと。せっかく薫が頑張ってくれるんだから」

まあ確かに頼んだのはこちらであるのだから、やれることはするべきなのかもしれない。

「口調は変えられませんが、できる限りそう振る舞うようにします」

「はいお願いします」

そう言って、改めてメモ帳を開いた薫は、そのページを見てから目を閉じる。

どうやら何かを思い出しているらしい。

だがすぐに目を開き、こちらを見る。

「あの勇悟さん。この部屋にシルクハットと杖ってありますか？」

「何に使うんですか？」

「お客様を演じるのに、小道具として欲しいなと」

「随分と本格的だね、薫」

「やるなら全力です」

　グッと拳を握る薫。

「それなら、確か自室にあったはずです」

　椅子から立ち上がった勇悟は自室に戻り、クローゼットの中からそれを持ってくる。

「これ、勇悟さんの私物ですか？」

　手渡されたシルクハットと杖をまじまじと眺める薫。

「数年前に行われた隠し芸大会の折に、マジックで使った小道具です」

　華麗なマジックを披露し、拍手喝采を浴びたのも、今は懐かしい話である。

「安心してください。ハトは入っていませんから。ただ杖は柄を捻《ひね》ると花が飛び出すので、注意してください」

「分かりました」

　素直に頷きながらも、しっかりと杖の柄を捻って花を出して慌てる薫。

　勇悟が元に戻して再び渡すと「では準備してきますね」と、そそくさと扉を開けて部屋の外に出ていく。

　どうやら登場シーンからやるようだ。

「さて、じゃあ俺は薫役として、お嬢様の後ろに立とうかな」

楽しそうな志水が、椅子に座る勇悟の後ろにやってくる。

「本格的ですね」

「薫も言っていただろ？　やるなら全力。そうでなきゃ何事も楽しくはない」

いつもの笑顔でウインクを飛ばしてくる。

こういうところは実に志水らしい。

「それにしても、やっぱり薫は面白いな」

「なんですか、突然？」

「さっき薫のメモの内容を見ちゃったんだけど、一言しか書いてなかったんだよね」

「なんと書いてあったんですか？」

「【世界一の盗人《ぬすびと》】。たぶんタイトルか何かだと思うんだけど」

「それだけですか？」

「時々、薫のメモの中身を見てしまうことがあるけど、だいたいどのページも一言しか書いていないんだよね」

「しかし文月くんは、そのメモを書いた時のことを随分と細かく覚えている節がありますね」

勇悟の言葉に志水が頷く。

「今回は、あんな小道具まで使って、どれくらい再現してくるのか楽しみだと思ってね」

薫の記憶力が高いのは分かっていたが、そこにあのメモ書きが関連しているように勇悟は感じている。それは志水も同じようだ。

それがどの程度なのか、お手並み拝見である。

「では行きますね」

扉の向こうから声が聞こえてくる。

「お願いします」

そして扉を開けて、薫は部屋に入ってきた。

シルクハットを被り、杖を突く薫は、優雅に歩きながら、テーブルまでやってくる。

「失礼、レディ。よろしければこちらの席に座らせていただいても？」

うやうやしく帽子を取る。

「おお、台詞もきっちりしているね。芝居は大根だけど」

「そこは勘弁してくださいよ」

志水の野次に、一瞬、素に戻った薫だが、すぐさま芝居を再開する。

「少し話に付き合ってもらえますかな？」

「構いません」

勇悟がお嬢様役として自分なりに答えると、薫は「では失礼して」と腰を下ろした。

志水が「紅茶をどうぞ」と薫のカップに紅茶を淹れる。

「ありがとう。いただきます」

にこやかな笑みを浮かべる薫は、一口紅茶に口を付け、「美味《うま》い」と志水に微笑みかける。

なるほど。これは凄い。

動き自体はどこかたどたどしいが、所作の一つ一つが普段の薫とはまったく別モノだ。

歩き方、座り方、紅茶の飲み方。そのどれもがいつもの薫のそれではない。

これまで執事として多くの人間を観察してきた勇悟の目にはそれがよく分かる。

もしかしたら薫は、その時のお客様の動きを完璧に覚えているのではないだろうか？

だとしたら、それは驚異的なことである。

そう勇悟が思ったところで、薫が素の表情に戻る。

「えっと、ここでお客様と可憐お嬢様のやり取りとかがあったんですけど、そこは割愛していきますね」

「では、こちらが本題を尋ねたところからお願いします」

「はい、分かりました」

こほん、と咳払いをした薫は、再び、そのお客様になりきり、実際にあった相談事を語り始める。

「これはつい最近漏れ聞こえてきた、少し奇妙な話なのですが」

そんな前口上から、薫（というか老紳士）の話が始まった。

**『これは【世界一の盗人】の話です。**

**その腕は世界一と謳《うた》われる盗人がいました。その盗人は旅の最中、揺れる木からリンゴが落ちるのを見て足を止めました。**

**すると、そのすぐ近くに随分と古びた教会があるのを発見したそうです。**

**それは今にも崩れ落ちそうなほどの教会でした。**

**なんの気なしに教会に足を踏み入れた盗人は、そこでとてつもない宝を発見したそうです。**

**それがどうしても欲しくなった盗人は、何度となく失敗を繰り返しながらも、ようやく教会から盗み出すことに成功しました。**

**だがその代償として、盗人は一生盗みができなくなってしまいました。**

**ここで考えていただきたい。**

**この盗人が盗み出した宝とは、いったいなんだったのかを』**

薫が口を閉じてしばらくして、勇悟は戸惑いながら尋ねた。

「えっと、それが……今回の相談事ですか？」

「ええ。可憐お嬢様に、この謎を是非解いていただきたいと思いましてな」

ふぉっふぉっふぉ、と老人のように笑う薫。

言葉にも淀みがない。断定はできないが、一言一句間違っていない可能性すらある。

そんなことを考えながら、勇悟は念の為の質問をしておくことにする。

「演技中に申し訳ないのですが、確認として、お嬢様はこの謎を解かれたのですか？」

素に戻った薫がコクリと頷く。

「はい、お客様の満足いく答えを出されましたよ。ああ、ちなみにヒントとして——」

「いえ、それは結構。あくまで自分で解きたいので、何も言わないでください」

それ以上の言葉を手で遮った勇悟に、「えっ？　あっ、はい。分かりました」と戸惑いの表情を浮かべる薫。

なんだろうと、勇悟が思ったところで、志水がティーポットを手に取る。

「お嬢様、紅茶をどうぞ」

どこかわざとらしく志水がニヤニヤしているのが気になる。

「なんですか、志水くん」

「いいや。勇悟のお手並みを拝見しようと思ってね。さて、ここからどういった道筋で答えを導き出すのか楽しみだ」

何か志水なりに気が付いたことがあるのかもしれない。

だが、この男の思考をイチイチ考えても埒《らち》が明かない。今は目の前の相談事に集中したほうがいいだろう。

という訳で、まずは情報の整理だ。

勇悟は頭の中で、本日サロンにお越しになられたお客様のリストを思い出す。

「その謎を出された紳士について確認したいのですが、それは柏木《かしわぎ》様ですか？」

「はい。よくお分かりになりましたね」

驚いた表情を浮かべる薫。

やはりか。

柏木雄一郎《ゆういちろう》。六十八歳。大手貿易会社の会長。

道明院家と同じく貿易業を営んでいるが、どちらかというと新規開拓や新商品に目を向けており、確かなモノを見つけ、販路を拡大したいと考えた時は、道明院家に話を持ってくることが多い。そういった関係から、ご隠居様の時代より道明院家とは非常に友好的な関係を築いている。

ご本人もとても品行方正な良識人であり、人望も厚い。長男に社長職を譲った今は、半生を共に過ごした奥様と気楽な余生を楽しまれており、サロンにはよくご夫妻でお越しになられている。その仲睦まじい姿は、何度かお見掛けしたことがある。

相談者については特定できた。

次に相談内容についてである。

前提として、勇悟のイメージでは『相談事』というのは自分の身の回りで起こった出来事についての事柄、といったことを想像していたのだが、今回は随分と勝手が違うように思える。

現実離れしているというか、なんというか。

まあ間違いなく、今現在の話ではないだろう。

そうすると、かつて海外で耳にした話か何かだろうか?

柏木様は若い頃には、一年の三分の二以上を海外で過ごし、あらゆる国を巡っていらっしゃったと記憶している。

その時に聞いたか何かの逸話の真相を、今になって突き止めたいと思った。

そういった類《たぐ》いの相談だろうか？

だが「最近漏れ聞こえた」という前口上もあった。いや、それは話の背景をぼかす為の嘘の可能性もある。

相談者が求める答えは、『盗人が見つけた宝は何か？』

教会なら十字架などの歴史的価値のあるモノだろうか？

盗人は何度も失敗し、盗み出した後には二度と盗みができなくなったとのこと。

世界一と謳われるのであれば、腕は相当立つはずだ。それが失敗を繰り返すのなら、よほど厳重な警備体制の中にあったということか？

だが、教会自体は随分と古びたモノだという話だった。

実はバチカンが認めた聖遺物が隠されていて、人知れず厳重な警備が敷かれていた？

いやいや、流石にそれは現実離れしすぎていてありえないだろう。

「……むぅ」

これだけの情報では、なかなかに断定は難しい。

考え方を変えてみよう。

少々ズルい考え方ではあるが、可憐お嬢様がそこから柏木様が満足いく答えを導き出したというのなら、柏木様好みの答えだった、ということだろうか？

「勇悟、何か分からないことがあるのなら薫に尋ねてみたらどうだい？」

思い悩む勇悟を見かねて、志水が声をかけてくる。

「それはヒントを貰うということですか？　それでは訓練にならないでしょう。あくまで与えられた情報だけで状況を推理し答えを導き出すのが目的なのですから」

そう答えると、志水がおかしそうに笑い出した。

「？　なんですか、その笑いは？」

「いやだって、勇悟は根本的な勘違いをしていると思ってさ」

「？　どういう意味ですか？」

「だって、これって水平思考ゲームだろ？」

「ゲーム⁉」

「はい、そうです」

薫が頷く。

「この国じゃ、『ウミガメのスープ』なんていうのが有名だよね」

そこで勇悟もピンときた。

以前、対お嬢様攻略参考書として、その手の本を読んだことがあるからだ。

『レストランでウミガメのスープを飲んだ客が、店を出てすぐに自殺した。

その理由は何か？』

そういった、問題文からではおよそ答えが特定できない問いに対し、解答者は出題者に「イエス」か「ノー」で回答できる質問を繰り返し、見えない状況を浮き彫りにしていき、答えを導く、という一種の推理ゲームだ。

「ちょっと待ってください。これは可憐お嬢様に持ち込まれた相談事ですよね？　常日頃、お嬢様が首を突っ込んでいる事件などと同様のものを探すのが目的の」

　念を押すように確認する勇悟に、薫が頷く。

「ええ、そうなんですけど……」

「だから面白いんじゃないか、勇悟。探偵を名乗るお嬢様への相談事に、ちょっとしたなぞなぞで挑むなんて実に洒落が効いている」

　ニヤリと笑う志水の言葉に、薫も微笑みながら頷く。

「はい。可憐お嬢様も楽しそうに対応されていましたよ」

　まさに老紳士の遊び心。

　いや、もしかしたら、あの『探偵相談席』自体が、謹慎処分中のお嬢様の暇つぶしであるという意図を汲《く》んでの、柏木様の今回の相談事という可能性すらある。

　確かに洒落が効いている。

「勇悟。目の前に提示された情報だけで真実を導き出すなんてことは、その情報の中に全てのヒントがあるという前提でしか成り立たないことだ。時には足を使い、時には話を聞き、見えない情報を手に入れるのも探偵の仕事だろ？」

「確かに、志水くんの言う通りですね」

相変わらず、ふざけているようで、重要な部分はしっかりと押さえている男である。

勇悟は、紅茶を一口飲んで気持ちを切り替える。

当初の予定とは少々違う展開にはなってきているが、とにかく今目の前にある謎を解いてみよう。

今回の相談事は、水平思考ゲームである。

手順としては、解答者である勇悟が、出題者である薫（柏木様）に対して「イエス」か「ノー」で答えられる質問をする。

それに対して出題者は、そのどちらか、あるいは「どちらともいえない」と返答し、問題の解答とは関係ない質問である、ということを提示する。

ポイントとなるのは、この問題には明確な解答（出題文に当てはまる事象）があり、それを出題者が知っているということだ。

言い換えるなら、事件を引き起こした犯人から情報を引き出すことにより、事件当時の状況を浮き彫りにし、隠された真相を暴き出す、ということだ。

「文月くん、質問の回数などに上限を設けたり、制限時間を付けたりしますか？」

「いえ、今回はそういったのはナシにしましょう。あくまで勇悟さんが答えにたどり着くまでです」

「分かりました」

かくして勇悟による今回の相談事の解決が始まった。

まず一つ、気になっていること。

「問題文の最初に、『揺れる木からリンゴが落ちる』といった件《くだり》があったと思いますが、これは答えに何か関係していますか？」

「ノー。関係ありません。僕個人の憶測になりますが、おそらく問題を彩る為の一種の演出だと思われます」

「つまりこの部分がなくても問題は成立すると」

「イエス。その通りです。正直、ここがなくても問題は成立します」

どうやら物語性を感じさせる為の柏木様の演出であるようだ。

ではここは除外する。

そうなると、ポイントとなるのは――

解答でもある『とてつもない宝の正体』。

主役が『世界一の盗人』であること。

その盗人が『何度も失敗した』こと。

宝を手に入れることには成功したが、『二度と盗みができなくなった』ということ。

この辺りだろうか？

まずは事実確認だ。

「その盗人は、本当に世界一の盗人でしたか？」

「イエス。このお話において、その盗人は間違いなく世界一の腕を持った盗人です」

「盗人は何度も失敗したということですが、その度に捕まることはなかったのですか？」

「イエス。盗人は失敗しても捕まることはありませんでした」

どうやら慎重なタイプのようだ。きちんとした算段を付けて、確実に結果を残すプロといった感じ。無謀な賭けには挑戦せず、危険を感じれば潔く引く。実はこれがなかなかできない。そういった意味でもこの盗人は間違いなく本物だろう。

そう頭の中で想像を膨らませる勇悟は、続けて質問する。

「二度と盗みができなくなった、とのことですが、それはやはり負傷が原因でしょうか？」

とてつもない宝を手にするには、やはりそれなりの代償が必要だったということなのか？

「ノー。負傷はしていません」

薫の返答に、勇悟はピクリとなる。

怪我をしていない？

「宝を盗むときに大きな怪我を負った、みたいなこと。例えば腕が無くなってしまったとか、そういったことで、二度と盗みができなくなった、ということではないのですか？」

「イエス。盗人は怪我を負って二度と盗みができなくなったわけではありません」

では、なぜ盗みができなくなったのだろうか？

「その宝を盗んだことで満足して、盗みをやめてしまった、ということですか？」

「うーん。ちょっと答え方が難しいですけど……ノーです」

満足してやめた訳ではないようだが、薫の反応が気になる。

どうやら一〇〇％ノーという訳ではないらしい。

もう少し細かく探ることにしよう。

「盗賊は宝を盗んで満足しましたか？」

「イエス。とても満足しました」

「怪我を負っていないのであれば、盗みをしようと思えば、以前通りに盗みをすることは可能ですか？」

「イエス。やろうと思えばできます」

「しかし二度と盗みができなくなった。……ということは、盗みができなくなった原因は、その盗み出した宝にある、ということですね」

「イエス。その通りです」

つまり動きが拘束されるような何かということだろうか？

眩しいばかりの宝石がちりばめられた指輪、あるいはとても重量のある装飾品といったモノという考えはどうだろう？

「その宝は体に嵌《は》めるモノですか？」

「えっ！　体にハメる、ですか！」

目を見開き、驚く薫。

どうやら核心を衝《つ》くような質問であったようだ。

そう思った勇悟だったが、どうも様子が違う。

「えっと、その……なんといいますか……場合によっては、そういったことも……」

「場合によっては？」

「あー、ごめんなさい！　ちょっと今の質問に対する答えはナシにしてください！　関係ありません！　答えには全然関係ありませんから！」

顔を真っ赤にしてブンブンと両手を振りまくる薫。

いや、どう見ても関係ないようには思えないのだが。

「あー、勇悟。この薫の反応は本当に関係ないから。『その宝は体に嵌めるモノ。っまり指輪などの装飾品の類いか？』という質問であれば、答えは『ノー』だよ」

薫の反応を見て、笑いをこらえていた志水が助け舟を出してくる。

「……というか、志水くんはもう分かったんですか？」

「まあね。たぶん間違ってはいないと思うよ」

悔しいがおそらくその通りなのだろう。こういったことに関しては、自分より志水の方が機転は利くことを勇悟は理解している。

とりあえず、装飾品の類いではなかったことが分かったが、なら、あの薫の慌てようはいったいなんだったのだろうか？

宝は貴金属的なモノではないのかもしれない。

「その宝は光っていますか？　物理的な意味で」

「ノー。光っていません。物理的な意味で」

金属や宝石といった類いのモノではないようだ。

「その宝は紙でできていますか？」

「ノー。紙でできてはいません」

つまり紙幣や書籍といったモノでもないということか。

と、ここまで考えたところで、勇悟はあることに気付く。この問題の舞台が教会である、というところだ。

銀行でも金持ちの屋敷でもなく教会であること。

ならば。

「その宝は、概念的なことですか?」

「概念的……といいますと?」

「物体としての重さがないということです。気づきや発想などもそうですが、盗人はそこを訪れ、何か自分の心を揺さぶるモノに出会った。だからそれを手に入れるべく何度も教会を訪れた。つまり盗人にとって、その宝は形ないモノであった」

そう勇悟が口にした途端、薫が頭を抱えて悶え始めた。

「あー、なるほど。あー、なるほど。それは良い質問です。非常に良い質問です。でも……あー、なんて答えたらいいんだろう?」

「? 答えるのが難しいんですか?」

「いや、そのなんというか、かなり正鵠《せいこく》を得ているんですが、解答と本質、どちらを主体にして答えを言うべきか迷ってしまうというか、あー、なんて答えよう!」

髪を掻きむしりながら、薫は「すいません。ちょっと待ってください!」としばらく「うーん」と唸っている。

「いえ、文月くん。その反応で十分です。もう答えが分かりましたから」

「本当ですか? というかそうですよね。その質問をしたということはもう答えが分かっているということですよね」

　嬉しそうな笑みを浮かべる薫。

「では勇悟さん。答えをお願いします」

　そして勇悟は答えた。

「答えは『信仰心』です。盗人は『神の教えに気付き、何度となく教会に通うことで改心し、ついには盗みをすることをやめた』。だから盗人は二度と盗みをしなくなったのです」

　自信満々な勇悟の解答を聞き、薫は頷いた。

「いえ、全然違います」

「……えっ？　違うんですか？」

「はい。まったく違います」

　というか、めっちゃ素の表情をしていた。さっきまで悶えて喜んでいたのが嘘のように「えっ、この人何言ってんの？」みたいな目でこっちを見ていた。

　端からこの状況を見ていた志水が「ぶほっ」と噴き出して腹を抱えて笑っている。

「というか勇悟さん。正気ですか？」

　正気を疑われた。三十歳を超えて、十代の若者に頭は大丈夫かと心配された。

　真面目に答えたのに。

そんなこと、ある？

「いやいや、ちょっと待ってください、文月くん！　今のは確実に正解にたどり着く流れだったじゃないですか！」

「はい。だから勇悟さんが訳の分からないことを言い出して、混乱しています」

まったく噛み合わない。思考の差。

これが世代の差、ジェネレーションギャップというモノなのだろうか？

そこでひとしきり笑い終えた志水がスッと手を上げる。

「ちょ、ちょっと落ち着こう。これ以上笑わされたら、死んじゃうから。……えっと、まず、薫のリアクションは間違っていない。その上で、勇悟の解答に関してもおかしなところはない。それはきちんと問題文に当てはまる答えになっている」

「そうですよね！」

「だけど、それは出題者である薫（というか柏木様）の頭の中にあった解答とは違う。そういったことが起こりえるのが、この水平思考ゲームだ」

出題文から読み取れる情報が少ないからこそ、当てはまる事象は数多くある。その差異を失《な》くしていくのが、解答者の質問であり、出題者の「イエス／ノー」の答えである。

「少し時間を前に戻そう。薫、さっき勇悟がした『宝は概念的なことか？』という質問だけど、勇悟の意図が分かったところで答えてあげなよ」

「ノーです。全然違います」

先ほどは、あれだけもがいていたにもかかわらず、それがまるで嘘だったように、スッと答える薫。

なんというか、温度差が凄い。

「な、なるほど。概念的なことではないと」

「はい。きちんと質量があるモノです」

だが、あの薫の反応からすると、あながちそうとは言い切れないのではないだろうか？　確かに『信仰心』ではなかった。だが、それに類似するような何かではないだろうか？

少し攻め方を変えてみるか。

「何度となく失敗を繰り返したとありますが、そこに盗みの技術は関係ありますか？」

「ノー。盗みの技術は関係ありません」

やはりそうか。

「ということは、問題文の中にある『教会から盗み出した』というのは、それこそ、『宝石店から宝石を盗み出した』とは、意味合いが違うということですか？」

「イエス。その通りです」

「なるほどなるほど」

じーっ
「？　なんですか、文月くん？」

「いえ、勇悟さんの発想がどうもピンとこなくて、なんでそんな変な方向に考えるのかなって？」

「？　変ですかね？」

「正直、もうとっくに出題の概要は把握できていてもおかしくないと思うんですけど、それって、わざとですか？」

なんだか、とても失礼なことを言われている気がするのだが。

「薫、薫。それはちょっと違うよ」

「なにがですか、志水さん？」

「薫は大事なことを忘れているよ」

「？　なんですか？」

「勇悟は漫画やアニメなんかの類いを一切知らないってことだよ」

そこで薫がハッとする。

「えっ？　まさか勇悟さんってルパンを知らないんですか？」

「失礼な。アルセイヌ・ルパンくらい知っています」

「いや、そっちじゃなくて三世の方です」

「？　そんな小説ありましたか？」

「えっ！　そんな日本人いるんですか！」

「いるんだな、これが」

　薫は素直に驚いている。

「？　なんですか？　いったいなんの話ですか？」

「そうか。確かにその辺のイメージがないと、この問題自体の印象というか難易度が変わってくるのかもしれない」

「そういうこと」

「というか志水さんは知っていますよね？」

「当然。日本よりも海外での方が人気って言われているくらいだからね」

　どうも二人が話していることが、勇悟にはピンとこない。

「さっきから何の話ですか？」

「勇悟。この問題に出てくるのが世界一のスパイだったらどうだい？」

「スパイですか？」

「そう映像作品なんかに出てくるスパイだよ。この前も映画で見ただろ？」

「……ああ、そういうことですか」

ようやく勇悟はピンときた。

「つまりこれはラブロマンス的な問題だった、ということですね」

「そういうこと」

薫の反応にも合点がいった。

「では改めて解答をお願いできますか？」


問題。

**『これは【世界一の盗人】の話です。**

**その腕は世界一と謳われる盗人がいました。**

**旅の途中、その盗人は古びた教会で、とてつもない宝を発見しました。**

**それがどうしても欲しくなった盗人は、何度となく失敗を繰り返しながらも、ようやく教会から盗み出すことに成功しました。**

**だがその代償として、盗人は一生盗みができなくなってしまいました。**

**この盗人が盗み出した宝とは、いったい何か？』**


勇悟は満を持して答えた。

「答えは『シスター』ですね。世界一の盗人は旅の途中、古ぼけた教会にいた美しいシスターに一目惚れし、何度も気持ちを伝え、ついにはシスターの気持ちを射止めた。その際、シスターは神に立てた操を捨て盗人との愛を選んだ、というニュアンスから『教会から盗み出した』という表現だったのではないでしょうか？」

当然、盗人も彼女の気持ちに応えるべく、盗人としての道を捨てた。

だから二度と盗みができなくなった。

「先ほど私が質問した『概念的』という部分に関して言えば『愛に目覚めた』とも言えるので、一概に否定することができず、文月くんはあんな反応をしたのではないでしょうか？」

勇悟の解答に、志水も「うんうん」と頷く。

「なるほど。解説は分かりました。では勇悟さん。すみませんが、もう一度だけ、答えを言ってもらっていいですか？」

ニコニコと笑う薫に今一度、そう促され、勇悟は改めて答える。

「答えは『シスター』です」

薫は笑みを浮かべる。

「違います」

「「えっ、違うの⁉」」

勇悟だけでなく、志水も驚きの声を上げた。

答えは『シスター』ではなく、『神父』だった。

「なるほど。確かに『世界一の盗人』が『男』であるとは言われていないからね」

薫（というか柏木様）の思惑にまんまと引っかかったらしい志水が「まいった」とばかりに両手を上げる。

もちろん、『シスター』であっても問題文には当てはまるし成立する。それを否定する要素も見当たらない。

だがそれでも、正解ではない。

水平思考ゲームにおける正解とは、あくまで出題者が思い描いたシチュエーションにおけるモノだからだ。

問題文に当てはまっても、それが正解とは限らない。

だから質問を繰り返し、まだ見えていない情報を引き出し、正解への道筋を探さなければならないのだ。

なんにしても、今回は見事にしてやられた、という訳だ。

「本当なら、ここがメインの引っ掛けどころだったんですけど。まさか勇悟さんがその前でおかしな方向に突っ走るとは思わなくて」

「そんなに私の考えは変でしたかね？」

「そういう訳じゃないけど、この手の問題というか物語は、定型文的に男女のラブロマンスを想像しやすいんだ。まあ、言ってみればイメージの問題だね」

「志水くんもそうだったんですか？」

「まあね。あと俺の場合、薫がメモを見た後に『この問題が好き』って零していたから、たぶん素敵な恋愛みたいな雰囲気があるんだろうなって思っていたんだ」

「志水さん、それズルくないですか！　メタ推理じゃないですか！」

「これも気付きの一つだろ？　とはいえ、俺も最後の引っ掛けにはきちんと引っ掛かったからな」

　肩をすくめる志水。

「ですがまあ、振りかえってみると良い問題でしたね」

　それが勇悟の感想だ。

　難易度的にも難しくないし、綺麗な答えのせいかスッキリした気分になった。

　最後の引っ掛けもちょっとしたお茶目といった感じ。

　老紳士がお嬢様に出した問題と考えると、お洒落であったと思う。

　そこでふと、勇悟は気になったことを、薫に尋ねてみる。

「ちなみにですが、文月くん。この柏木様の問題、お嬢様は何回の質問で解答にたどり着いたのですか?」

「たぶんですけど、一度も質問せずに答えは分かっていたと思います。ただ、この問題を出した柏木様とのやり取りというか、柏木様の解説をお聞きになりたかったようで、遠回りな質問をしていましたよ」

この問題を元に、純粋に会話を楽しんでいたとのこと。

しかし薫のこの話に、志水が気になることがあったようだ。

「でも薫、お嬢様は本当に最初から全てが分かっていたのかい? それこそ俺みたいにシスターと神父を間違いそうなモノだけど?」

「はい、最初からお分かりになっていたと思います。正直に言えば、僕も志水さん同様に、まんまとそこに引っ掛かったんですよね。でもお嬢様には、そこは引っ掛けですらなかったのかもしれませんね」

「なんでだい?」

「だってお嬢様にとって、名探偵は『男性』ではなく『女性』ですから」

「ああ、なるほど」

自分たちの中にある、世界一になるのは男であり、恋されるのは女性という先入観。

だがお嬢様の中にそれは存在しない。むしろ真逆の印象が強くあることすら考えられる。

勇悟は素直に思う。

「柏木様のこの問題は、まさにお嬢様に向けた問題だったんでしょうね」

「はい、僕もそうだと思いました」

薫も頷く。

「果たしてそうかな？」

だが、そう口にしたのは志水だった。

「何がですか、志水さん？」

「もしかしたら、薫に向けた問題だったのかもしれないよ？」

ニヤリと笑う志水の言葉に、今一度状況を思い浮かべた勇悟もまた、心の中で「なるほど」と思った。

「？　そうですかね？」

しかし当人はきょとんとしている。

その反応に、志水同様に勇悟も「やれやれ」といった気持ちになった。

なんにしても楽しいひと時を過ごすことができた。

「……ん？」

「どうしたんだい、勇悟？」

「いえ、今思い出したのですが、質問の中で、私が『宝は嵌めるモノか』と尋ねた時になんで文月くんはあんなに慌てたんですか？」

ビクリとする、薫。

「そ、それは忘れてください！」

必死にそう訴える薫に代わって、ニヤニヤと笑う志水が答える。

「そりゃ薫は男の子だからさ」

勇悟は考える。

嵌める、ハメる、はめる。

そして納得する。

「ああ、下ネタですか」

チラリと見ると、薫が顔を真っ赤にしてプルプルしている。

どうやら薫は、実に想像力豊かな男の子であるようだ。

「穴があったらソワソワしちゃうお年頃だもんな、薫は」

「もう！　良い問題だったんですから、それはもう忘れてください！」

「今回ばかりは、下ネタ反応をした文月くんが悪いですね」

「お願いですから忘れてください！」

寄宿舎中に、薫の声が響き渡った。

固定観念に捕らわれていると、物事の本質を見誤る。

想像していた相談事とは違ったが、今夜出題された問題は、勇悟にとって非常に良い教訓となった。

# 第四話　杏仁豆腐な実力テスト

人はなぜ考えるのかというと、それは答えが分からないからである。

いやいや、そんなの当たり前だから。

自分の思考に自分でツッコむ。

現実逃避にも似た、まったく生産性のない訳の分からないことを考えるくらい、文月薫は悩んでいた。

「うーん、どうしたもんかな?」

その日の夕方、《椿の三》のキッチンで、薫は腕を組んで唸《うな》っていた。

「ただいま~」

そこに帰ってきたのは志水である。

「あっ、おかえりなさいです、志水さん」

「どうしたんだい、薫?　何やら難しい表情をして?」

「実はさっき、遊馬くんの試作品を分けてもらってきたんですけど」

道明院家のキッチンでパティシエ見習いとして働く阿須遊馬は、薫が道明院家で働き出してからできた同年代の友人である。

自らの腕を研鑽《けんさん》することに余念がない職人気質の遊馬くんは、いつも試作品で作ったお菓子を薫に分けてくれている。

「おっ、いいね。今日は何かな？」

そんな遊馬くんの作るスイーツにいつも心ときめかせる先輩二人の片割れである志水が、嬉しそうに近づいてくる。

薫の前にあるのは、幾つかの透明な器たち。

そこに入っているのは、杏仁豆腐。

「美味しそうだね。えっ？　これも遊馬くんが作ったの？」

「はい」

「でも……遊馬くんって洋菓子専門のパティシエ見習いだよね？」

「なんでも作るんですよね、遊馬くん」

もはやパティシエという肩書きでは収まりそうにない遊馬くんの好奇心。

「それで、薫。この美味しそうな杏仁豆腐の前で、いったい何に悩んでいるんだい？」

志水にそう尋ねられ、薫は渋い表情を浮かべる。

「これに合う紅茶ってなんだと思います？」

《椿の三》の間には、完璧執事である勇悟セレクションの茶葉が、棚の中にズラリと並んでいる。ただその大半が紅茶であり、あとは申し訳程度に緑茶があるくらい。

「なるほど。つまり薫が悩んでいるのは、今夜、この杏仁豆腐と一緒に出すお茶の種類という訳か」

「どうしたらいいですかね？」

結局、その場で答えは出ず。

この問題は、勇悟が戻ってくるまで持ち越しとなった。


「なるほど。杏仁豆腐ですか」

眼鏡をクイッと上げる、勇悟。

ここ最近同様、定時に《椿の三》の間に戻ってきた勇悟を交じえ、再び杏仁豆腐を囲むようにしてキッチンスペースに立つ薫たち三人。

「文月くん。もしその杏仁豆腐に合うお茶を出すとしたら、あなたならまず何を思い浮かべますか？」

薫は考える。

「うーん、やっぱり中国茶ですかね。定番になりますけど烏龍茶がいいかなと」

「なぜですか？」

「杏仁豆腐はシロップが甘いので、一緒に飲むお茶は口をさっぱりさせてくれる烏龍茶かなと」

「ですが、この部屋に、烏龍茶はありません」

「はい。それでどんな紅茶がいいか、勇悟さんにお聞きしたいと思いまして」

勇悟ならば、きっと良いチョイスをしてくれるに違いない。

そう思っていた薫だったが、残念ながらそうはならなかった。

「良い機会です。これを文月くんへの練習問題としましょう」

「練習問題、ですか？」

「この杏仁豆腐と一緒に、どのような紅茶を出せばいいか悩んでいるのは分かりました。その上で、文月くんなりの答えを出してみてください」

「えっ！　僕が選ぶんですか？」

「これまで私が教えてきた知識を総動員して考えてみなさい」

練習というか、もはや試験である。

「うーん」

「私が戻ってくるまでずっと悩んでいたということは、ある程度のチョイスは思い浮かべているのではないですか？」

「まあ、幾つかはあるんですけど……」

「聞かせてください」

茶葉の瓶がズラリと並ぶ戸棚を開ける勇悟に促され、薫はその中の一角を指差す。

「やはりキーマン辺りかなとは思うんです」

「なぜですか？」

「僕個人の見解なんですけど、なんというかキーマンって中国茶っぽい感じがあると思っていまして」

キーマンは中国原産の紅茶。ダージリン、ウバと並び、世界三大紅茶の一つとしても知られている。

「なるほど」

「ただ、そこまでなんです。キーマンも沢山種類がありますし、そもそもそんな安易なチョイスでいいのかって。もしかしたら僕が想像していないようなベストな紅茶があるんじゃないかと」

結局、これ以上は答えが出せず、白旗状態。

薫のその様子に「仕方ありませんね」と勇悟が口を開く。

「文月くんの言う通り、一口にキーマンと言っても、産地や摘み方などで味や風味が変わってきます。ブレンドすることでさらに深い味わいを演出することも可能です」

「そう考えると余計に、杏仁豆腐に合う紅茶なんて分かりません」

「そこも一つ問題です」

「？　といいますと？」

「一般的な杏仁豆腐に合うチョイスというのであれば、キーマンという答えでも構わないと私は思います。ですが杏仁豆腐と言っても味は千差万別。それを失念している、ということが良くありません」

「杏仁豆腐の味ですか？」

「同じ料理でも作る人間によって違いはある。人間でいえば服みたいなものです。体型などに合わせて適した服を選ぶ必要がある」

あっ、なんだか凄い上級者っぽい考えが出てきた、と思ったが、薫は黙って耳を傾ける。

「そういう意味でも、今考えるべきは、単に杏仁豆腐に合う紅茶ではなく、今、目の前にある遊馬くんが作った杏仁豆腐に合う紅茶は何かということです。その思い違いをしてはいけません」

「なるほど。とっても深いですね」

「文月くん、覚えておきなさい。私たちが使用人として、主にして差し上げることは、そういう次元の話なのです」

キリッとした勇悟に睨まれ、思わず背筋を伸ばす薫。

「しょ、精進します」

自分の甘い気持ちを見透かされた気分だ。

だけど流石は勇悟さんだな。

仕事に対する誇りと、それを体現するだけの確かな技術を持った存在。

こんな凄い人に教えてもらえるんだから、僕も頑張らないと。

いつか勇悟さんのようになりたい。

改めてそう思い直す薫。

そんな二人の様子を見ていた志水がニッコリと笑う。

「どうだい勇悟。今日のところは勇悟がお茶の準備をするっていうのは？」

「私がですか？」

「この難しい局面を乗り越える師匠の姿を弟子に見せてあげなよ。というか俺も久しぶりに勇悟の紅茶が飲みたいし」

「お願いします！　僕も勇悟さんの紅茶が飲みたいです！」

微笑む運転手とキラキラと目を輝かせる新人召使《フットマン》の姿に、「仕方ありませんね」と肩を竦める執事。

「では今夜は私がお茶の準備をしましょう」

「やった！」

大喜びする薫。だが「はしたないですよ」と注意され、慌てて背筋を伸ばす。

「では、まずは杏仁豆腐のテイスティングですね」

勇悟の味覚はとても繊細であり、三人の中でも群を抜いている。

「薫、よく見ておくといいよ。超一流の執事の仕事ぶりを」

志水にそう言われ、薫は「はい！」と勇悟に注目する。

ティースプーンで軽く杏仁豆腐を掬《すく》った勇悟が、スッと口の中に滑り込ませる。

グラリ
だが、次の瞬間、勇悟の体が傾き、崩れ落ちるように床に片膝を突いた。

「ゆ、勇悟さん！　えっ？　大丈夫ですか！」

まったく予想外の展開に慌てる薫。

な、なんだ？　何が起こった？　まさか毒⁉　遊馬くんが毒を盛ったとか⁉

「……美味《うま》い」

「へっ？」

「失礼、あまりの美味さに意識が遠のきまして」

スッと立ち上がる勇悟。

「……」

どうやらまったくそんなことはなかったらしい。まあ、それはそうだろう。

というか、幾ら美味しいからって片膝突くかな、普通？

そんな薫の疑惑の眼差しに気付いていない勇悟は、信じられないといった表情で、目の前の白いスイーツを凝視している。

「柔らかな口溶け、その奥から広がる上品で奥深い甘み、そして垣間見える極楽浄土。これはまさに珠玉の杏仁豆腐と言えるでしょう」

「そんなにですか！」

「そんなにです。というか文月くんはいつものように先に味見させてもらったのではないのですか？」

「いや、そうでしたけど。『いやー、この杏仁豆腐、美味しいね』くらいにしか」

あはは、と笑う薫に、勇悟はため息と共に眼鏡をクイッと上げた。

「この愚か者め」

「罵声が飛んできた！　しかも蔑《さげす》んだ目で見られている！」

「それにしても、まさかこれほどの腕を持っているとは。パティシエ見習いの遊馬くん、恐るべし」

そこでゴクリと喉を鳴らしたのは、志水である。

「俺もちょっと味見してみようかな」

勇悟からスプーンを受け取り、同じように口に滑り込ませる志水。

バタリ

そして志水はその場で卒倒した。

「し、志水さん！」

「ああ、大丈夫。大丈夫。思わず魂が抜ける的な症状に襲われただけだから」

「そんなことあるんですか？」

よろよろと起き上がる志水を見て、慌てふためく薫。

「何も驚くことはありませんよ、文月くん。美味いの上位にある脱魂が発動しただけです」

「脱魂！　って、そんな言葉、聞いたことないんですけど！」

さも当然のように耳慣れない単語を口にする勇悟。

そして今まさに脱魂状態に陥った志水が信じられないといった面持ちで口元に手を当てる。

「勇悟。この杏仁豆腐はヤバイね」

「ええ、これほどのモノには、なかなかお目に掛かれません」

甘味大好きな二人の先輩がベタ褒めだ。

「勇悟。この際だから、薫と遊馬くんをトレードするっていうのはどうだろう？」

「志水くん。冗談でも、そんな魅力的な提案をしないように。ですが念の為、今度、遊馬くん本人の意思を確認してみましょう」

「って、なんかシレッと話が進んでいる！　悪い冗談は止めてください！」

「ははっ、いやだな。薫。ちょっとしたジョークだよ」

「そうですよ。そんなことする訳ないでしょう」

「そんなこと言って、二人とも全然目が笑っていないんですけど！　真剣そのものなんですけど！」

遊馬くん獲得が二人の中で現実味を帯び始めたようだ。

「そ、それより勇悟さん。この杏仁豆腐だったら、どんな紅茶が合いそうですか？」

色々と話が脱線してしまったが、今回の問題となっているのはそのチョイスである。

完璧執事・岸勇悟は、この問題にどんな答えを出すのか？

そして勇悟はクイッと眼鏡を上げた。

「烏龍茶にしましょう」

「えっー！　紅茶は⁉」

「これは練習用として、楽しむとかそういったレベルの杏仁豆腐ではない。死力を尽くし、万全を期して味わうべき一品である」

勇悟絶賛。

薫はもはや声も出ない。

「勇悟ならそう言うと思ったよ」

ふっ、と笑みを浮かべながら手を差し伸べる志水。

そしてその手をがっちりと握る勇悟。

共通認識からそんな熱い握手を交わす二人を茫然《ぼうぜん》と見つめる薫。

いやいや、それはともかく。

「で、ですけど、この部屋には、そもそも烏龍茶なんてありませんよ」

「確かにそうです。ですがそんな問題は些細なことです」

「ど、どうするんですか？」

「簡単なことです。ないなら、持ってくればいい！」

そりゃそうだ。

「という訳で、少し出てきます」

そのまま《椿の三》の間を出ていく勇悟。

それから十分もしないうちに扉の向こうから「戻りました、開けてください」という勇悟の声が聞こえてきた。

薫が開けると、中国茶器が乗ったトレーを両手で持った勇悟が立っていた。

「どうしたんですか、その茶器の数々？」

「隣の部屋から借りてきました」

「えっ！　お隣って《椿の二》の間ですか！」

薫たちの部屋のお隣、寄宿舎二階にある《椿の二》の間は、可憐お嬢様の兄である三男・赤夜《せきや》様の御側仕えたちが使っている。

「赤夜様は仕事の関係でアジア、特に中国を飛び回っておられます。当然その御側仕えは、上質な中国茶を揃えていると踏んでいましたが、案の定でした」

「ですけど、よく貸してくれましたね」

道明院家・現当主である道明院道山《どうざん》には、五人の子供がいるが、兄弟間の仲があまりよくはない。

当然、その関係性は、各兄弟専属の御側仕えにも伝播《でんぱ》している。

特に筆頭となる、まとめ役（リーダー）は、それが顕著だ。

薫たち可憐お嬢様の御側仕えのリーダーである勇悟も、他のまとめ役とはいつも剣呑な空気だ。

表ですら最低限の挨拶しか交わさず、裏ではバチバチだ。

とはいえ、そんな風潮は道明院家の御側仕えの中でも、特に忠誠心の高い上層部の話である。

新人の薫やそういったことにとんと興味が薄い志水にこの意識はほとんどなく、経歴が浅く同じ考えの他の御側仕えの人たちとは、それなりに仲良くやっている。

まあそんな訳で、薫や志水辺りが、お隣の部屋にまとめ役がいないタイミングでこっそり行くなら特に問題はない。

ただ勇悟が直々に乗り込むとなれば話は全く違う。

それはもはやカチコミに近い。

しかも、その結果として、こうして戦利品を持ち帰ってきたのだから、よほどのことである。

「だ、大丈夫でしたか？」

恐る恐る尋ねる薫に、勇悟が「ふっ」と黒い笑みを見せる。

「なに。あそこのまとめ役には幾つか貸しがあるので」

ちなみに廊下の向こうから「塩撒《ま》いておけ！」という怒鳴り声が聞こえてきてはいるのだが、それは聞かなかったことにする。

「というか、そういう交渉カードみたいなのは、可憐お嬢様の為に取っておかなきゃいけないヤツじゃないんですか？」

薫がそう、まともな意見を口にすると、テーブルに中国茶器一式を置いた勇悟が、眼鏡をクイッと上げる。

「極上の杏仁豆腐の為には仕方ありません」

「いやいや、よくないですよね！」

「安心しなさい、文月くん。この杏仁豆腐を励みに、さらに貸しをでっち上げますから」

「何を安心しろと？」

というか、そういうのはでっち上げちゃいけないだろう。

「俺も手伝うよ、勇悟。この杏仁豆腐にはそれだけの価値がある」

「ふっ、キミならそう言ってくれると思っていましたよ、志水くん」

志水も乗り気で、二人一緒にサムズアップ。

「……」

ダメだ。ツッコミたいことが多すぎて、ツッコミきれない。

この二人は甘味が関わると、完全に人が変わる（いや、いつもこんなモノか）。

もはやツッコミが大渋滞しすぎて薫のキャパをオーバーしている。

「という訳で早速、お茶の準備を始めましょう。文月くん。お湯を大量に沸かしてください」

「りょ、了解です」

もう深く考えるのを止めた薫は、勇悟の指示に従い、お湯の準備を始める。

勇悟は勇悟で、テーブルに戦利品の茶器を並べていき、志水は椅子に座って、その様子を眺めている。

まあ本当に色々と思うことはあるのだけれど、薫にとって烏龍茶といえば、ペットボトルに入っているオーソドックスなお茶の一つという意識であり、本格的なモノにお目にかかったことはない。

なので、それなりに楽しみである。

お湯を沸かしている間に、勇悟の前に並ぶ茶器に目を向ける。

「勇悟さん、急須と茶碗以外にも器がありますけど、コレはなんですか？」

「茶海ですね」

「こちらは？」

「水盂です」

「何に使うんですか？」

「中国茶は茶壷と呼ばれる急須から茶杯に入れるのではなく、茶壷から茶海に入れ、そこから茶杯に入れていきます。水盂は捨てるお湯を入れるモノですね」

「色々とあるんですね」

説明を聞きながら、メモをしていく。

「勇悟さん、お湯が沸きました」

「では淹れましょう」

勇悟は薫に説明しながら、手を動かしていく。

何においても手際が重要。

茶器をしっかり温める。また中国茶では洗茶という工程があり、茶葉を一度温めるという作業が入る。

丁寧な説明をしていきながら、勇悟は淀みなく、その作業をこなしていく。

本当にテンポ良く。見ている側は思わず「おー」と感心するような手際の良さで、あっという間に、茶海からそれぞれの茶杯に烏龍茶が淹れられる。

「さあどうぞ」

早速一口。

文句なく、美味しい。

「香りがとってもいいですね」

「それが中国茶の特徴の一つですね」

自らも、烏龍茶を楽しむ勇悟が、そう答える。

「？　勇悟さん、お聞きしたいんですけど、なんで急須の蓋が外れているんですか？」

勇悟は使った急須の蓋を外し、縦に置き直すという不思議な事をしている。

「茶葉に残った香りを逃がさない為です。温まっていると茶葉から香りが抜けてしまいますからね。中国茶は同じ茶葉を何度か楽しむことができるので、こういったことをするんです」

「なるほど。やっぱり色々と違うんですね」

感心しながらメモ帳に万年筆を走らせる薫。

「さて、そろそろ本題といこうじゃないか」

志水に促されるように、三人は自分の杏仁豆腐の器にスプーンを差し込み、一口。

そして良きところで茶杯に手を伸ばし、一口。

すぐに全員から感嘆の息が零れる。

「この杏仁豆腐は、やはり素晴らしい」

「それに、勇悟が淹れてくれた烏龍茶が、杏仁豆腐の味を損なわず。だけど、しっかりと口の中を洗い流してくれる」

「烏龍茶にして正解でしたね」

本当に、紅茶ならば云々《うんぬん》の件はいったいなんだったのだろうか？

「それにしても……この杏仁豆腐、本当に凄いね」

もう何度目になるか分からない感想を志水が零す。

「ええ、遊馬くんのスペシャリティと言っても過言ではないでしょう」

「薫、遊馬くんはなんで洋菓子以外にも色々なスイーツを作っているんだい？」

「そうやって色んな甘味を作ると新しい何かを知ることができる、って本人は言っていました。究極のスイーツを作るのが遊馬くんの夢のようです」

薫の話を聞き、そっと目を閉じた勇悟と志水が天を仰ぐ。

「勇悟」

「ええ、素晴らしい志です。これは、採用ですね」

「という訳で薫、今までありがとうね」

「お疲れ様でした文月くん。これからは厨房で頑張ってください」

「って、なんでトレードするみたいな流れになっているんですか！」

「ははっ、冗談ですよ」

「ちょっとしたジョークだよ、薫」

「そういう冗談は、目だけまったく笑っていない表情の時以外にしてください」

「ところで、文月くん。今から料理の腕を磨く気はありませんか？」

「だからないですよ！」


——後日談。

「ってことがあってさ」

「そうか」

午前中の休憩時間。

ヒマさえあれば、薫は遊馬くんのところにやってきて一方的に話をする。

「酷いと思わない？」

「そうだな」

その間も遊馬くんは、自分の作業を続けている。

いつものことである。

薫が一方的に喋り、遊馬くんは相槌を打つだけ。

だいたいこんな感じだ。

「おっと、そろそろ休憩時間も終わりだ。そろそろ行くね」

「なあ文月」

そんな薫に遊馬くんが声をかける。

「なに？」

「お前、いつもここに来るけど、俺となんていて、つまらなくはないのか？」

「？　なんで？　遊馬くんと喋れて楽しいけど」

「そうか」

遊馬くんは手を動かしたまま、だけど少し笑ったような気がした。

「文月。また後で来い。何か作ってやるから」

「うん。楽しみにしているね」

遊馬くんに手を振り、自分の持ち場に戻りながら、薫はふと思う。

「そういえば、なんで遊馬くんと仲良くなったんだっけ？」

確か春頃に何かあったような、なかったような。というか、その頃にはもう今のような関係だったような。

腕を組んで歩きながら必死に思い出そうとしたが、どうにも思い出せない。

「……まあ別にいいか」

薫にとって遊馬くんと仲良くなったきっかけはそれほど重要ではない。

今、とても仲が良いことが大切なのだ。

# 第五話　三つの相談事　その二【傲慢な男】

なんの刺激もない日常に辟易《へきえき》するという話を聞くことはある。

だが粛々と過ぎる何事もない平穏な日々というのも悪くはない。

今日も今日とて決まった時間に仕事を終えて《椿の三》に戻ってきた勇悟は、教育係をしている薫に紅茶を頼むと、いつものテーブル席に着く。

平和だ。お嬢様に連れまわされないだけで、これだけ気持ちに余裕が持てるものなのか。

最近、岸勇悟はそんなことを考えている。

「勇悟さん、よかったら先日のリベンジをしませんか？」

それは、その日の夜の茶会が始まってすぐのことだった。

紅茶の準備を終えた薫が、そう声をかけてきたのだ。

「リベンジというと、お嬢様への相談事ですか？」

「はい。実は今日、なかなか興味深い相談事があったんです」

可憐お嬢様がサロンに『探偵相談席』を設けて二週間。自宅謹慎発令から三週間が経過していた。

勇悟の耳に入ってくる報告によれば、ここ最近は、それなりに幅広い傾向の相談事が持ち込まれていたそうだ。

だがそのほとんどが、可憐お嬢様のお眼鏡に適うモノではなく、相談者は難癖を付けられ追い払われる。よしんば面白そうなネタであっても、お嬢様にあっさりと解決されて終了。

そんな状況が続き、いつしか『きちんとした謎がなければ、お嬢様探偵の向かいの席には座ってはならない』という、ある種の縛りが生まれ始めているとのこと。

あれだけ連日盛況だった『探偵相談席』も、最近では予約の数が減り、可憐お嬢様自身も退屈し始めていると聞いていた。

だが、どうやら今日は珍しく当たりがあったようだ。

「いいんじゃない。今夜は特にやることもないんだし」

お茶請けとして出されたカットフルーツに手を伸ばす志水も、薫の提案に乗り気を見せる。

勇悟は紅茶を一口飲むと、クイッと眼鏡を上げた。

「分かりました。ではお願いします。前回と同じく文月くんがお客様役、私がお嬢様役ということでよろしいですか？」

「はい。あと今回、志水さんは僕役というより、志水さん自身として勇悟さんをフォローしてもらえませんか？」

　薫にそう言われ、志水が「ふーん」と楽しそうに笑う。

「推理の様子を見守る薫役ではなく、俺自身としてか。つまり今回は、俺も勇悟と一緒にその謎に挑むってことでいいのかな？」

「はい」

「結構難しい？」

「なかなかの曲者《くせもの》ですね」

「へぇ、それは楽しみだ」

　お互いにニヤリと笑い合う、薫と志水。

「今の話を聞いている限りだと、つまり文月くんは、今回の謎は私一人では到底解決できないと、そう思っている訳ですか」

　スッと眼鏡を上げる勇悟に、薫がビクリとする。

「そ、そういう訳じゃなくてですね。えっと……まあ、始まってみれば分かると思います」

　思いっきり目が泳いでいる。

　本当に、なぜこの子はこんなにも腹芸が下手なのだろうか。

「とにかく、これは絶対に勇悟さんのお役に立つと思います」

という訳で、前回同様に始まった推理劇。

勇悟は以前と同じく相談を受けるお嬢様役として、席についたまま。

今回は本人自身として謎に挑む志水だが、フォローポジションを意識してか、前回と同じく勇悟の背後に静かに立つ。

「なんというか、お二人はそうやって並ぶと絵になりますね」

テーブルの向かいに立つ薫もまた、前回同様ポケットから取り出したメモ帳を捲っていき、あるページで手を止めると目を閉じる。

たまたま勇悟の位置から、メモ帳の内容が見えた。

そのページには、女子のような丸文字で、たった一言こう書かれていた。

【気まぐれな女神】

目を開けた薫は「それじゃ、準備してきますね」と、前回と同じように部屋の外に出ていった。

「さてさて、今回はどんな相談事か楽しみだ」

勇悟の椅子の背もたれに手を付いた志水が、そう呟く。

「また前回みたいな奇妙なモノでなければいいですけどね」

「いや。案外、似たような感じかもよ」

「？　なぜそう思うのですか？」

「薫が勇悟の役に立つって言ったからだよ」

そんな話をしていると、唐突に、しかも荒々しく扉が開かれる。

扉から入ってきた薫は、不機嫌そうな表情を浮かべながら、胸を張り、大股でこちらに近づいてくる。

おそらくだが、かなり恰幅《かっぷく》の良い人間を演じようとして、そんな歩き方をしているのではないだろうか？

そして目の前までやってきた薫は、勇悟（お嬢様役）を見下ろすようにして、「ふん」と鼻を鳴らした。

「久しぶりだな、『お嬢様探偵』。なんでもまた変なことを始めたそうじゃないか」

非常に薫らしからぬ態度と言葉遣い。品性の欠片《かけら》もない。というか、とりあえず一発殴りたい気分だ。

「ちなみにですが文月くん。それがどなたか、教えてもらってもいいですか？」

勇悟の質問に、素に戻った薫が答える。

「郷田《ごうだ》様という男性です」

「なるほど。郷田金之介《きんのすけ》様ですか」

「知っているのかい、勇悟」

「ええ」

郷田金之介。四十八歳。金融会社の社長。

羽振りはいいが、横柄で傲慢な男として有名だ。不景気の折、社交界にも郷田に借りを作った人間は多く、サロンの会員権もその時に手に入れたとか。

加えて以前、可憐お嬢様との間にトラブルがあり、大勢の前で大恥をかかされたことがあった。

それからというもの、郷田は可憐お嬢様を目の敵《かたき》にしている節がある。

勇悟がそう説明すると「なるほど、それでこの態度か」と志水が納得する。

確かにそんな郷田なら、どんな難題を言い出してもおかしくはないだろう。

「ようこそおいでくださいました、郷田様。ささっ、そんなところにむさくるしく突っ立っていないで、さっさとお座りになってください」

にこやかに答える勇悟に、「おお、お嬢様がおっしゃったままですね」と素に戻って感心する薫。

推理関連ならいざ知らず、この手の反応くらいなら勇悟には容易に想像できる。

気を取り直し、郷田役に戻った薫が不機嫌そうにドカッと向かいの椅子に腰を下ろす。

「ここで繰り広げられたと思われる、お嬢様と郷田様のろくでもないやり取りは省略していいでしょう。さっそく本題をお願いします」

見ていなくてもそういったことがあったと分かる勇悟に促され、実際にそれを目の当たりにしたらしい薫もまた「そうですね」と頷くと、改めて郷田役として、行儀悪くテーブルに肘を立て、身を乗り出すようにしながら、ニヤリと口を開く。

いよいよここからが本番である。

「これはつい最近漏れ聞こえてきた、少し奇妙な話なんだがな」

その前口上に、勇悟と志水が目を見開く。

だがそんな二人の反応を他所《よそ》に、薫（郷田役）は言葉を続ける。

**『これは【気まぐれな女神】の話だ。**

**敬虔《けいけん》な神父からの祈りと貢物《みつぎもの》がなくなり、機嫌を損ねた気まぐれな女神が、一年の暦の中から一つを取り上げることにした。**

**では女神はなぜ七月を選んだのか？』**

郷田役の薫が口を閉じてしばらくの間は、勇悟たちも待っていた。

まさかそれで終わりだとは思わなかったからだ。

だがいつまで経っても続きが始まらない。

「それだけなのかい？」

思わず尋ねたのは勇悟の後ろに立つ志水だ。

「ああ。これだけで十分だろう。だがまあ、流石の名探偵もこれでは分からないだろうから質問にはイエスかノーで答えてやろう」

間違いないだろう。

「志水くん」

「ああ、分かっている。これは水平思考ゲームだ。それに……」

「ええ、今の問題の前口上は以前の柏木様のモノと全く同じです」

思わず薫に目を向けると、一瞬、素に戻り「面白いでしょ」といった表情で頷いた。

だがすぐに郷田役に戻り、仰《の》け反《ぞ》るようにして、見下す視線を向けてくる。

「どうした、名探偵？　こんな問題も解けないのか？」

バカにしたような態度に、ちょっとイラっとした勇悟は、無言で手を伸ばし、薫の頭を引っ掴む。

「随分と偉くなったものですね、文月くん」

「いだだだだっ！　ち、違います！　僕の言葉じゃないです！　郷田様の言葉です！」

「そういえば、そうでしたね。失礼」

改めて椅子に座り直す勇悟の後ろで、クスクスと笑う志水が「面白くなってきた」と口にする。

さて、どうするか。

勇悟がそう思ったところで、さらに薫（郷田役）から追加情報が告げられた。

「そうそう、お嬢様も知っているだろうが、儂《わし》は慈悲深い。もしどうしても分からないなら特別なヒントをくれてやる」

そういって、薫は内ポケットから綺麗に封がされた三枚の封筒を取り出し、テーブルに並べた。

「これが特別なヒント、ですか？」

「そうだ。もし儂に頭を下げて願うなら、この中から一つをくれてやろう」

ニヤニヤと人を馬鹿にしたような笑みが非常に腹立たしい。

「文月くん。あなた何様のつもりですか？」

スッと眼鏡を上げた勇悟に、素に戻った薫が慌てだす。

「だ、だから僕じゃなくて、郷田様が言ったんですよ！」

どうやら本当に、可憐お嬢様に対してそんなことを言ったらしい。

命知らずというかなんというか。というか、果たしてまだ生きているだろうか？

まあ、なんにしても今回の特別ルールの説明は以上のようである。

「さて勇悟、どう攻める？」

とはいえ問題を聞いただけの現状では、本当にとっかかりがない。

「とりあえず、幾つか質問してみましょう」

勇悟が尋ねる。

「女神が七月にしたのには、何か特別な理由があるのですか？」

「そうだ」

「……。その女神は気まぐれなのですよね？」

「そう言っているだろう」

鼻を鳴らす薫（郷田役）。

なんというか。

「随分と端的な回答ですね」

先日の柏木様の時とは大違いだ。

「ああ、なるほど。そういうことか」

「？　なんですか、志水くん」

「いや考えれば簡単なことだ。つまりこの問題、郷田はお嬢様に答えを出させるつもりがなかったんだ。お嬢様にヒントと引き換えに頭を下げさせたいし、不正解にして恥をかかせたいとも思っていた」

「柏木様は『イエス』と『ノー』以外に、補足として一言二言を付け足していましたね。あれはお嬢様に答えを導きだして欲しいという思いから、ということですか」

「一方で郷田は正解させたくない。だから最低限の回答しかしない。……いや、もしかしたら、際どい質問に対しては曖昧な返答しかしない場合もあるな」

　水平思考ゲームにおいて、解答者が問題を解く為には出題者の反応や答えからヒントを探るしかない。

「出題者の対応次第でも、難易度は高くなるということですか」

　なかなか厄介な状況だ。

　ただでさえ今回は難しそうな問題なのに、出題者の意地が悪いときている。

「こうなると気になるのが、お願いすれば見ることができる三つのヒントだね。どうする、勇悟？　さっそくお願いして見せてもらうかい？」

　テーブルに並ぶ封筒が、否応なしに視界に入る。

　だがその前に確認しておくことがある。

「文月くん。お嬢様は幾つのヒントを聞いたのですか？」

　そう尋ねると、素に戻った薫が首を横に振った。

「それについては、今はお答えしないでおきます。というか、今回は、純粋に勇悟さんの力で謎を解くつもりで挑んでください」

暗にお嬢様との張り合いを意識しているようでは真相にたどり着けないと言っているようにも聞こえる。

この問題を解くことが勇悟の役に立つ。

そう本人が言ったように、薫なりに、自分のことを色々と考えてくれているらしい。

まったく、この子は。

「どうしたんだい、勇悟。ニヤニヤして」

「気のせいでは？　とりあえずこのヒントについては一旦忘れて、問題に取り掛かるとしましょう」

改めて問題文を思い出す。


**敬虔な神父からの祈りと貢物がなくなり、機嫌を損ねた気まぐれな女神が、一年の暦の中から一つを取り上げることにした。**

**では女神はなぜ七月を選んだのか？**


「登場人物は『いなくなった神父』と『気まぐれな女神』ですか。……神父？」

そういえば以前の柏木様の問題に、神父が出てきたような。

ふとそんなことを考える勇悟を他所に、志水が薫に向かって手を上げる。

「質問。女神が七月を選んだのに、いなくなった神父は関係している？」

志水がそう尋ねると、薫（郷田役）が、そっぽを向いた。

「さあ、どうだろうな」

なんだ、その答えは。

「その返答では分からないな。イエスかノーで答えてもらえますか？」

理解できないとはっきり告げた志水に対し、薫（郷田役）は舌打ちと共に、「ノー」と答えた。

勇悟もこれに続く。

「では祈りと貢物が関係していますか？　例えばですが、祈りの時期は秋であり、それまでの暦を削るといった、根拠のある理由ですね」

「関係あるのではないか？」

イエス？　いや、ノーか？

「勇悟、今回の相手には、そういった答えに幅がありそうな質問は良くない。シンプルな方が相手の反応を的確に捉えることができる」

「なるほど、確かにそうですね。では言い直します。祈りと貢物は七月が選ばれたことに関係していますか？」

「まあ、その質問にはノーと答えておくか」

質問の仕方にも気を付けないといけないと分かったが、それより今の回答で、なかなか厳しい状況であることが浮き彫りになってしまった。

「こりゃ、厄介だ」

志水がそう漏らすのももっともだ。

つまり気まぐれな女神が七月を選んだのに、神父は一切関係ない、ということだからだ。

「これでは、なんだってこじつけられますね」

「とはいえ、これも水平思考ゲームではよくある展開だからね。郷田の頭の中には確かなストーリーがある。それをこちらの質問で引き出していくしかない。たとえ相手がこちらに解かせるつもりがなくてもね」

そう肩を竦める志水は、再び薫に向かって手を上げる。

「質問。女神が登場するということは、時代背景的には随分と古い話ということでいいですか？」

「さて、どうだろうな。現代でもいいのではないか？」

「イエスかノー」以外の言葉が出てきたが、それは、明らかにはぐらかすような言葉。

「性質《たち》が悪いですね」

「いや、そんなこともないさ。郷田は推測の幅を広げてはぐらかしたつもりみたいだが、逆にいえば、どちらでも成立するということだ。時代に左右される事柄は関係していないってことだろう」

なるほど。そういう捉え方もあるか。

とにかくなんでも聞いていった方がいいだろう。

「七月と決めたのは何かの計算に基づいてですか？」

「違うのではないか？　あるいはそうかもしれんがな」

どっちだ？

志水が手を上げる。

「質問。女神は嫌がらせで七月を消した？」

「そうだ」

「……さらに質問。嫌がらせで暦を消したのではなく、七月に決定したこと自体に嫌がらせの意味があったか？」

薫（郷田役）は舌打ちと共に「さあ、どうだろうな」と吐き捨てる。

「イエスかノーで言うと？」

「分からん」

つまり、どちらでもない、ということらしい。

「七月が選ばれたのには、れっきとした根拠がありますか？」

「あるな。さっきも同じことを聞かなかったか？　なんだ？　名探偵のおつむはそんなことも忘れてしまうのか？」

挑発と呼ぶには、あまりにも幼稚な言葉だ。

「……今後の文月くんへの課題を倍に増やしますか」

「ちょ、勇悟さん！　これはゲームですから！」

あわあわとする薫を見て溜飲《りゅういん》を下げつつ、思考を巡らせていく。

「気まぐれな女神は適当に決めた訳じゃない。七月に決めたのには、れっきとした根拠がある。だが、そこには神父も祈りも貢物も関係ない」

ではなぜ七月を選んだのだろうか？

思考を巡らせる勇悟の隣で、志水が手を上げる。

「質問。女神はダーツを投げて、七月を選びましたか」

突然の突拍子もない質問に、勇悟は驚く。

薫に視線を向けると、眉がへの字に曲がっていた。

「何を言っとるんだ、貴様は？　そんな訳なかろう」

めっちゃ馬鹿にしたような表情をする薫（郷田役）。

この回答を聞き、志水はニッコリと微笑んだ。

「今夜、薫の尻を引《ひ》っ叩《ぱた》くから」

「えっ！　な、なんですか、それ！　どういう状況か分からないですけど！　なんか怖いです！」

笑顔でキレている志水に、小鹿のように震える薫（素の方）。

そんなやり取りを見ながら、勇悟もまた、突破口を見つける為に、何か突拍子もないことを尋ねることにした。

「七月にしろというお告げがあった？」

「それは面白いな」

「質問。その問題の中で、七月には特別な意味があるか？」

「あるかもしれんな」

「正確に」

「ちっ、そんなものはない」

「女神は七月が気に入らなかった？」

「そうかもしれんな」

「正確にお願いします」

「ないのではないか」

「質問。七月がなくなることは、女神にとって都合がよかった？」

「どうだろうな」

「正確に」

「知らん」

「女神にとって七月は調子がいい月だった？」

「はは。そうかもな」

「正確に！」

「そんなこと、儂が知る訳ないだろう。自分で考えろ」

ただでさえ、質問で情報を探る必要があるのに、その返答にいちいちはぐらかしを入れられ、地味にイライラしてくる。

「文月くん。郷田様を演じるのは結構ですが、そのはぐらかす真似はやめてもらえますか？」

勇悟がそう言うと、素の表情に戻った薫が唇を尖らせる。

「そういうの良くないと思います」

「ですが進行に支障が……」

「なるべくお嬢様と同じ条件で挑むべきだと思います」

「それはそうですが……」

腹が立つんですよ、地味に。

そう思った勇悟の心を見透かしたのだろうか？

薫がクスリと笑った。

「まあ、勇悟さんがそれでいいなら僕は別にいいですけどね。やっぱり勇悟さんにはこの状況は難しかったかな？」

「そのままで結構。というか、今の言葉は後で完全撤回させるので、覚えておくように」

勇悟のやる気にガソリンが注がれ、鼻で笑う薫に思いっきり指を突きつける。

耳を澄ませば「流石は薫だ。そして勇悟はやっぱりチョロい」と隣から聞こえてきたが今は無視。

「志水くん、闇雲に質問しても埒があきません。攻め方を考えましょう」

「俺は逆の考えで、このまま闇雲に質問して、何かとっかかりを探すべきだと思うけど……まあ、今回のゲームの主役は勇悟だ。俺はあくまでサポートだからね。勇悟の意見に従うよ。それで？　勇悟はどう攻めるべきだと考える？」

「今回の問題を解決するポイントは、女神が七月を選んだ『方法』と『理由』そのものだと思うんです」

「それが分かれば解決できると？」

「はい。ですから、まずはどちらかに絞って質問を重ねていくのがいいのではと考えます」

「なるほど。ならそうしよう。……だけどその前に」

志水が手を上げる。

「質問。女神が七月を選んだのには、きちんとした方法が用いられている？」

「そうに決まっているだろう」

「続けて、質問。ならその結果、七月が選ばれたというのなら、女神が七月を選んだ理由にそれ以上の意味はないということで間違いない？」

「？　当たり前だろう」

「なるほど。つまり女神が七月を選んだことに、私的な理由、感情的な根拠は存在しない、ということだ」

ニヤリと笑う志水のこの質問に、薫（郷田役）は「ぐぬぬっ」といった表情で、そっぽを向いた。

「ああ、そうだ」

「そういうことらしいよ、勇悟。つまり今回の問題で『理由』そのものはそれほど重要じゃない」

ウインク付きの笑顔。

流石のアシストだと素直に思ってしまう。

そうなると考えるべきは、『方法』だが。

「……想像できませんね」

「ならどうだい？　ここは一つ、例の特別ヒントを貰ってしまうというのは？」

テーブルに並ぶ三つの封筒に目を向ける志水。

「相手に媚びろというのですか？」

「そんなに睨まないでくれよ。それも一つの手だって言っているんだ」

確かにそうかもしれないが、勇悟的にはそれは選びたくない。プライドの問題である。

「あの、いいですか？」

そんな勇悟の態度を見て、郷田を演じていた薫が素の表情に戻る。

「？　なんですか、文月くん？」

「僕からすると、問題を解決する為に、恥を受けるのって微々たることだと思うんですよね」

「文月くん。あなたにプライドはないのですか？」

「でも、問題が解けなかったら、なんの意味もないじゃないですか」

「……」

「今やっているのは確かにゲームですけど、そうじゃない時もあると思うんです。もしそういう本当に重要な場合になったら、勇悟さんはどうしますか？」

「重要な場合、ですか？」

「例えばですけど、こういったシチュエーションだったらどうでしょう？　『とにかく何がなんでも勇悟さんたちは、この問題を解かなければならない。もしそれができなければ、お嬢様の身に危険が及んでしまう』」

勇悟と志水が顔を見合わせる。

「まあ、そう言われても」

「ねぇ」

すーん、といった表情の二人。

「うわーっ、その『別に』みたいな表情に、お嬢様と僕たちの日ごろの関係性が滲《にじ》み出てるぅ。……あーっ、じゃあこういうのならどうですか？　『もし二人がこの問題を解けなかったら、パティシエ見習いの遊馬くんの命がない』みたいな……」

途端に二人の目がカッと開いた。

「バカな！　そんなことが許される訳がない！」

「それは人類の損失以外の何モノでもない！」

「うっわ、思いっきり食いついてきた～」

身を乗り出してくる執事（三十代）と運転手（二十代）の姿に、ドン引く召使《フットマン》（十代）。

「というか、なんだい、薫？　つまり郷田が遊馬くんを捕えて、この問題を解かなければ遊馬くんの命がないと、そう言っているのかい！」

「それは遊馬くんが作り出すスイーツの数々がなくなるということではないですか！　おのれ、郷田！　やっていいことと悪いことの区別もつかないとは！　許せん！」

「……なんか勝手に設定付け加え始めたし、しかもテンションマックスだし。……ま、まあそれでいいですから。とにかく、そういった状況でも、勇悟さんは自分のプライドを大事にして、問題を解く為のヒントを放棄するんですか？」

そう尋ねられ、「ぐぬぬっ」と唇を噛む勇悟。

「確かに文月くんの言う通りですね。（お嬢様のことならともかく、遊馬くんのお菓子が食べられなくなることを考えれば）私が頭を下げることくらい、安いものです」

「……なんだか、今の台詞の中に、無視できない間がありませんでした？」

「気のせいです」

「……まあ、そういうことにしておきますけど」

「くっ、もっと私に力があれば」

そもそもの話。ヒントがなくても解くことができれば、こんなことに悩む必要もない。

弱さとは罪である。

「だからこうして練習しているんじゃないですか」

「文月くん」

「僕だっていつもそうやって勇悟さんに色んなことを教えてもらっているんです。それに勇悟さんには志水さんだっているじゃないですか」

にっこりと笑みを浮かべる薫。

「まったく、あなたという子は」

自然と勇悟の表情も優しくなる。

「遊馬くんの為にもこの問題を解きましょう、勇悟さん」

「ええ。そうですね」

そして薫は勇悟に言う。

「ならさっさと儂に頭を下げんか、この無能が」

勇悟は思った。

うん、このガキを全力で折檻《せっかん》したい。


——気を取り直して。

郷田役を演じる薫に、勇悟は頭を下げる。

「お願いします。どうかヒントをください」

「あーん？　聞こえんな」

「お願いします。どうかヒントをください」

「大きな声で！」

「お願いします！　どうか私にヒントをください！」

「まったくあれだけ偉そうにしていた奴がこうして無様に頭を下げるのだからな。傑作傑作」

　郷田として大笑いをする薫。

　ちなみにその様子を端から見ていて志水もまた、必死に笑いをこらえているのが視界の隅に見えるが、とりあえず無視。

「はん。そこまで言うなら一枚、選ばせてやろう」

　薫（郷田役）の許しを得て、三枚の封筒に目を向ける。

　白い封筒。招待状のようにきちんと糊付けされている。

「志水くん。ペーパーナイフをお願いします」

「はいよ」

　棚からペーパーナイフを取り出した志水が、こちらに柄を差し出してきたので、礼を言って受け取る。

「ほらっ、さっさと選べ、この無能が」

ギロリ
「！　……あっ、あの、一応お伝えしておきますけど、僕は郷田様役をしているだけですからね。あと、ペーパーナイフは封筒を開ける為のモノであって、人に危害を加えるモノではないと思います」

テーブルの陰に隠れてビクビクし始める、薫。

「もちろん。そんなことはしませんから、私の手が届くところに来てください。文月くん」

「勇悟、落ち着いて。今は薫のことより、遊馬くんのことだ」

志水の言葉にハッとする勇悟。

「そうでした。私たちがこの謎を解くことで遊馬くんの命、延いては甘味業界の未来が救われるということを忘れていました」

「なんだかわけの分からない追加設定に助けられた。というか極端にハードルが上がっているような」

ビクつく薫を他所に、改めて三枚の封筒を見比べる勇悟。

「ではこの真ん中の封筒を選びましょう」

「ほらっ、開けて見ろ」

気を取り直して郷田役として、封筒を投げて寄越す薫。

手にした封筒に勇悟がさっそくペーパーナイフを入れて封を切ると、中から一枚のカードが出てきた。

そして、そこにはヒントと思《おぼ》しき一文が書かれていた。


**『気まぐれな女神が七月を選んだのは私的な理由からではない』**


「ちょっと待ってください！　これは先ほどの質問で分かっている内容じゃないですか！」

「あっ、本当ですね」

ヒントの内容を見て、そう答える薫（素）。

「ズルいですよ、文月くん！」

「いやでも、僕自身、この封筒の中身に書かれた内容を知らなかったので」

その言葉にきょとんとなる。

「どういうことだい、薫？　これは薫が用意したモノじゃないのかい？」

同じ疑問を持ったらしい志水がそう尋ねると、薫は首を横に振る。

「いいえ。僕が用意したものじゃありません。だって、これ本物ですから」

「本物？」

「はい。今日サロンに郷田様が本当に持ってきたやつですから、この封筒」

日中にあった可憐お嬢様と郷田のやり取り。どうやらこの封筒は、そこに登場した実物らしい。

ということは、そこから導き出される答えが一つ。

「つまり、可憐お嬢様は郷田様のこの問題に対して、ヒントを一つも見ずに答えにたどり着いたということですか？」

「おお勇悟さん。見事な推理です」

パチパチと拍手をする薫。

ちっとも嬉しくはない。

つまりお嬢様を超えるという点においては、ヒントに手を出した時点で負け確定だったということだからだ。

素直に悔しい。

「勇悟、落ち込むのは分かるが、今はお嬢様と張り合う気持ちは忘れるべきだ。今の俺たちには大事な使命があるだろ？」

「そうでしたね、志水くん。私たちにはこの謎を解き、人類の至宝である遊馬くんを救出し、スイーツ界を更なる高みへと押し上げるという大切な義務があるのですから」

「その設定、もはや天井知らずですね」

白い目を向けてくる薫は無視。

「ポジティブに考えましょう。答えを導き出す為の道標《みちしるべ》は間違っていなかったということです」

「まだヒントは二つあるしね」

「ですけど、三つの中から選んだヒントが、すでに手に入れた情報とバッティングするなんて、勇悟さんって、本当に運が……」

ギロリ
「……なんでもありません、はい」

両手を振って押し黙る薫。

「どうする、勇悟？　このまま他のヒントも開けるかい？」

「そうですね。現状になんの進展も得られませんでしたし」

そう方針を決めたところで、薫が、ドカッと椅子に座り直す。

「なら、やることは分かっているな、眼鏡ぇ～」

ふんぞり返る、薫（郷田役？）。

おのれぇ。

「さて、自分の半分くらいしか生きていない未成年に対して、無様に頭を下げてお許しを得たところで、どっちの封筒にしようか、勇悟？」

「その詳細な説明は今必要ですか、志水くん？」

頭も下げずに見ていただけの志水に促され、勇悟は残った二つの封筒を見比べる。

どちらにするべきか？

「……志水くん。キミが選んでください」

「えっ？　俺が選んでいいの？」

「はい。どうやら私は最近、やや運の巡りが悪いようなので。いえ、一過性のことで、すぐに元に戻るとは思うのですが、とにかくそういう時期的なアレで運の流れが悪いようなので、お願いします」

「凄い予防線の張り方だ。まあ、分かった。じゃあこっちの封筒にしよう」

志水は自分で選んだ封筒を手に取ると、ペーパーナイフで封を切り、中身を確認。

先ほどと同じく一枚のカードが入っており、そこにはこんな一文が書かれていた。


**『気まぐれな女神は、一月を選ぶことは決してなかった』**

「？　なんですか、これ？」

眉を顰《ひそ》める勇悟。

「……あーっ！　もしかして！」

志水が突然叫んだ。

「何か分かったんですか？」

「まあね。薫、薫。耳貸して」

「あっ、はい」

薫の隣に近づいた志水は、囁くようにして、薫の耳元に手を添える。

「ふーっ」

「って、なんで息吹きかけるんですか！」

「冗談冗談」

そして志水は薫に耳打ちをする。

「もしかして……を使って」

「はい」

「つまり……ってことかな？」

志水の話を聞き終えた薫は静かに頷いた。

「その通りです！　志水さん正解です！」

ガッツポーズを決める志水。

「よしっ、一抜け！」

「って、なにかルールが変わってませんか、志水くん⁉」

「いや、今回の主役はあくまで勇悟だし、ヒントやフォローならともかく俺が答えを教えても訓練にならないだろ？」

「……まあ、確かにそうですが」

「大丈夫だって。もう答えにたどり着けるところまできているから」

そう励まされた勇悟は、改めて志水が選んだヒントに目を向ける。

気まぐれな女神は七月を選んだ。だけど一月を選ぶことは決してなかった。

……どういう意味なのだろう？

「おやおや、まだ分からないのか、この眼鏡執事は？」

ふんぞり返る薫（本当に郷田役かすでに怪しい）。

「さらにヒントが欲しいなら、分かっているんだろ、勇悟。うん？」

そしてそんな薫の背後でニヤリと悪い笑みを浮かべる志水。

「なんであっさりと敵方に寝返っているんですか？」

「強者に従うのが世の常だからね。そんなことよりこんなところでまごまごしていていいのかい、勇悟？　遊馬くんの死刑時間は刻一刻と迫っているんだよ」

「それを言われると……弱い！」

「苦渋の表情を浮かべないでください。あと、ナチュラルに新たな設定を追加していかないでください」

冷静な薫のツッコミを受けつつも、考えを巡らせる勇悟。

しかし二つ目のヒントを聞いても、どうしても分からない。

「……最後のヒントもお願いします」

「聞こえないなぁ」

「どうか、この何も分からない無知蒙昧《もうまい》な執事めに、ヒントをお与えください！」

床に額を擦りつける勇悟を見下し、志水がニヤリと笑う。

「堕ちたな」

「何が？」

もう各自が繰り広げるノリとコントに付いてこられなくなっている薫が素でツッコむ。

なんにしてもついに最後の封筒の封が切られた。

中から出てきたカードには、こんな一文が書かれていた。

**『気まぐれな女神は、ある道具を使った』**

「道具？」

「というか、このヒントを一番最後に見ることになるなんて」

「勇悟さん、やっぱり……」

志水は目を背け、薫は俯《うつむ》き、言葉を飲み込んだ。

聞こえない（フリをしている）勇悟は思考を巡らせる。

「質問に戻りますが、七月になったのは私的な理由からではなかったのでしたよね」

「さっきそう言っただろ？」

郷田として答える薫。

「なら、モノを使った結果、偶然、七月になった、ということですか？」

「ああ、そうだ」

「ですが、ダーツの時は、まったく違うと言っていたじゃないですか」

「そうだったか？　忘れたな。だがダーツを使ったのではないからな」

なるほどそういうことか。

つまり、あの質問は、実は核心にかなり近いところを掠《かす》った質問だったが、それを出題者である郷田が、惜しいと言わず、隠していたらしい。

それだけで、問題にかかっていた霧は、より一層立ち込める。

答えさせる気がない、とはこのことか。

出題者の対応の悪さは忘れよう。とにかく今は答えを考えるべきだ。

気まぐれな女神は何かを使って決めた。

なんだろう？　サイコロとか？

いや、サイコロは六までしかない。だから七が選ばれることはない。というかそもそも一は選ばれないのだから、サイコロの訳が……。

「あっ」

「分かりましたか、勇悟さん」

勇悟はため息を吐く。

「答えはサイコロを使って決めた。それも二つのサイコロを転がして出た目で決めた」

薫は微笑む。

「正解です」


**敬虔な神父からの祈りと貢物がなくなり、機嫌を損ねた気まぐれな女神が、一年の暦の中から一つを取り上げることにした。**

**では女神はなぜ七月を選んだのか？**

その答えは。

**二つのサイコロを振って出た目の合計で決めた**、である。


「なかなか面白い問題だったね」

一連のゲームが終わり、自分の席で満足そうに紅茶を飲む志水が、笑顔で感想を述べる。

「それに奇妙な点もありましたね」

勇悟の言葉に志水が頷く。

「先日、薫が出してくれた柏木様の問題と共通点があったことだね。両方とも前口上が同じであり、両方とも水平思考ゲームだった」

「前回の答えが神父だったこともありますし、何か繫がっているように感じませんか？」

「そう考えると、この二つの問題は同じ人間が作ったのかもしれないね」

「ありえる話ですね」

「薫はどう思った？」

「僕もそうじゃないかと思っています」

「可憐お嬢様は何か言っていたかい？」

「いえ、特には。ただ、何かあるとは思っているかもしれません」

相談事の中に紛れて持ち込まれた奇妙な共通点を持つ水平思考ゲーム。

「勇悟。柏木様と郷田には何か繋がりがあるのかい？」

志水に尋ねられ、勇悟は記憶の中にある社交界の人間関係を検索する。

「いえ。仕事でもプライベートでも親交はなかったはずです。お二人はむしろまったく違う畑で活躍されている方ですから」

「そんな二人が共通点のある〝相談事〟を持ち込んできた」

「偶然か？　それとも必然か？」

謎は深まるばかりだ。

「そういえば、薫。この封筒は持ってきてよかったのかい？」

「はい。お嬢様に答えを当てられ不機嫌になった郷田様が何も言わず置いていったモノなので。あとお嬢様にも『汚らしいから捨てておくように』とも言われています」

その様子は、手に取るように想像できる。

「ふーん、ならこのカードに書かれた数字はなんだい？」

「数字？　なんのことですか？」

「ほら、これ」

志水が差し出した、例のヒントが書かれたカードを見てみると、確かにカードの裏の隅に『26』という数字が書かれている。

「あっ、こっちにも書かれていますね」

薫の手にしたカードには『9』。残りのカードも確認してみると、そこには『14』と書かれている。

「何かの暗号かな?」

「分かりませんけど、これはお嬢様にご報告した方がいいですね」

薫はメモ帳を取り出し、万年筆を走らせる。

そんな中、手に持っていたカードを置いた志水がため息を吐く。

「しかし、流石はお嬢様だね。まさか一つもヒントを見ずに答えを導き出すなんて。その時はどういう展開だったんだい?」

メモを終えた薫が、お嬢様と郷田のやり取りについて語り出す。

「お嬢様がまず尋ねたのは『七月ではなく、八月の可能性はあったか?』という質問でした。これに対する郷田様の答えは『イエス』。まあ正確にははぐらかしと馬鹿にした感じがありましたが」

「それから?」

「次に九月の可能性を聞きました。そこから十月、十一月、十二月。そして十三月」

「十三月！」

「ええ」

「郷田の答えは？」

「そんなのがある訳ないだろうと、鼻で笑っていました」

「そこから結局二十月まで確認しましたね。郷田様の答えは当然すべて『ノー』でした」

「なるほど。そういう切り口か」

　納得した様子の志水。

「？　どういうことなんですか、志水くん」

「まず八月の可能性があったという時点で、単なる気まぐれでなく、何かしらの方法で選ばれたと推測したんだろう。そしてその方法によって幾つの選択肢があるかを確認したんじゃないかな？」

「まずは数の上限を確認したと。なら十三以上を確認したのは？」

「十三が違ったとはいえ、十四以上が該当する可能性があると考えたんじゃないかな。まあ、これは実際には違うけど『もしダーツで決めたのなら二十までは該当する』ってことになるだろ？」

志水の話に薫が頷く。

「お嬢様的には色々な方法が思いついたんだと思います。それらの方法を絞ったり、除外したりする為に二十までは確認する必要があったんだと思います」

「結果として上限が十二であることを突き止めた。そうなると次は当然、下を攻める」

「はい。お嬢様は続けて六月から下を確認していき『一月はありえない』ことを突き止めました」

「決まる幅は二~十二。それで答えは見えたも同然か」

先ほど勇悟が考えたように、二つのサイコロを振って決めたという答えを導き出したのだろう。

「追加の説明として、七月が選ばれた理由は『一番確率が高かったから』ともおっしゃいました」

サイコロの結果として七が出たのは偶然かもしれないが、七の根拠として、可能性が一番高いから、という理由付けが使われたのだろうと推測したらしい。

サイコロを二つ振った場合、最も多いのが六分の一で出る『七』。確率は一六・七%。ちなみに最低なのが、『二』『十二』で共に三六分の一で二・八%。

一応は納得できる理由に数えられる。

「なるほど。それが正しく答えを導き出す為の方法だったという訳ですか」

ヒントを貰ってようやく答えにたどり着いた勇悟には思いつかなかった考えだった。

「いや、そうとも限りませんよ。答えを導き出す方法は一つじゃありませんから。過程はどうあれ、結果として答えにたどり着いたことには変わりない。僕はそれでいいと思いますよ」

薫はそう言うが、勇悟の考えとしてはやはり違う。

「いや、ダメですね。目標は、お嬢様の推理に先んじることなのですから」

ただ答えを出すだけならそれでいいかもしれない。だが目的は、あくまでお嬢様がたどる道筋を予測し、先回りしておくことなのだ。

勇悟の考えを察したのか、「そうでしたね、失念していました」と薫が頭を下げる。

「とはいえ、文月くんのおかげで良い勉強になりました。また付き合ってください」

「喜んで。是非またやりましょう」

薫はにっこりと愛らしい笑顔で微笑んだ。

「……さて、とりあえずひと段落したところで、文月くんには確認しておきたいことがあるのですが？」

「？　なんですか、勇悟さん？」

「先ほどまでのやり取りで、郷田様が持ってきた封筒をお嬢様が開けなかったということは分かりました」

「？　はい、その通りでしたけど？」

「つまりそうなると、先ほどのゲームの中で文月くんが郷田役を演じた際に出たあの命令の数々は、全て文月くんのアドリブだった、ということになりますよね？」

びくりとする薫。

「い、いえ、あれは、僕なりに必死に演じていただけで、決して常日頃から思っていることなどでは決してなくてですね……」

思いっきり目を泳がせる薫に、勇悟が眼鏡をスッと上げる。

「文月くん。あなたは道明院家に仕えるモノとしての心構えがまだまだなっていないようですね」

ガタガタと震えだす、薫。

「た、助けてください。志水さん」

そんな薫に向かって、志水はにっこりと微笑む。

「薫。あとで尻を思いっきり引っ叩くから」

「だから、それどういう意味なんですか！　よく分からないけど、なんかとっても怖いんですけど！」

プライドを捨ててでも結果を出さなければならないことはある。

ただ礼儀を忘れてはならない。

勇悟は改めてそれを認識したし、薫もまた涙を流しながらそれを叩き込まれたのであった。

# 第六話　三つの相談事　その三【小さな女の子】

「安寧の日々というのは、あっという間に過ぎるものですね」

本日の仕事を終え、寄宿舎に引き上げる途中、岸勇悟はそんな独り言を口にする。

一ヵ月に及んだ可憐お嬢様の自宅謹慎は本日で終了し、明日からは自由の身である。

謹慎中にサロンで行っていた『探偵相談席』もすでに閑古鳥《かんこどり》が鳴いている。

初めこそ盛況を見せていたが、よほどの『おみやげ』がない限り、お嬢様に追い払われるということが知れ渡った結果、徐々に向かいの席に座る者はいなくなり、終盤となったこの一週間は、予約どころか、お嬢様の前に座ろうなどと考える命知らずは完全にいなくなっていた。

明らかに退屈と不満を溜め始めている様子の可憐お嬢様。

これは謹慎明けから、事件を解決するべく、またすぐ全国何処ぞに連れまわされる日々が再開しそうである。

……自宅謹慎、一年間にしていただければよかったですかね。

そんなことを考えながら寄宿舎の二階に上がった勇悟は、わざと足音を立てながら廊下を進み、《椿の三》の間の扉を開ける。

「戻りました」

「おかえりなさい、勇悟さん。何かお飲みになられますか？」

いつも通り出迎える薫が、笑みを浮かべて近づいてくる。

「ダージリンをお願いします」

「かしこまりました。それと今日のお茶請けは、遊馬くんのクッキーですよ」

それは嬉しい報告である。

テーブル席に腰を下ろすと、ソファに寝転んでいた志水が起き上がり、こちらにやってくる。

「お疲れ」

「お疲れ様です。それより志水くん。今日の報告をまだ受けていませんが？」

お嬢様の謹慎中、ボーイとしてサロンに貸し出されていた志水。

そんな志水に対して、勇悟は薫のフォローと共に、サロンでの出来事を報告するように指示を出していた。

これまでは、サロンが閉まる夕方頃になると、志水からのメールがスマホに届いていたのだが、最終日の今日はそれが来ていない。

「ああ、ごめんごめん。すっかり忘れていた」

悪びれた様子もなく、自分の席に座る志水。

「何かあったようですね」

「まあね」

適材適所が口癖で、言われたことしかしない志水だが、逆に言われたことは必ずやる。つまり文面でなく、直接報告した方が良いと判断した何かがあったのだろう。

視線で「それで？」と尋ねると、志水が親指で、背後のキッチンスペースを示す。

そこには紅茶の準備をしている薫の姿がある。

どうやら薫から何かあるようだ。

「お待たせしました」

準備を終えてこちらにやってきた薫が紅茶の支度をし、皿に盛られた様々な形のクッキーたちがテーブルに置かれる。

いつも通り「いただきます」の一言で、夜の茶会が始まる。

まずは、薫が淹れてくれた紅茶を一口。

まあ、悪くはない。

そしてクッキーを一つ摘まんでパクリ。

幾重にも口の中に広がる甘さが脳に直接突き刺さるような錯覚に襲われ、とても幸せな気分になる。

やはり遊馬くんのお菓子は素晴らしい。

「勇悟さん。ちょっとよろしいですか？」

脳内物質の過剰分泌でトリップしかけていた勇悟は、現実に引き戻される。

「どうしました、文月くん。神妙な顔をして？」

「実は今日、可憐お嬢様へ気になる相談事がありまして」

どうやらこれが、志水が示唆《しさ》していたことのようだ。

そして薫がそう切り出すということは。

「もしかして、『これはつい最近漏れ聞こえてきた、少し奇妙な話』ですか？」

「はいそうです」

郷田の相談事の時からこの件に関しては「何かありそうだ」という雰囲気があったが、それ以降音沙汰がなかった。

だがこの最終日になって新たな展開があったらしい。

「ではまた、私がチャレンジした方がいいですかね」

これまで同様、水平思考ゲームに挑む姿勢を見せる勇悟。

だが、そんな勇悟の意気込みを他所に、薫が首を横に振る。

「というか、今回は僕たちで挑戦したいと考えています」

「僕たち？　つまり三人で、ということですか？」

「はい」

「その相談事というのは、水平思考ゲームではないのですか？」

「そうだと思います」

「？　妙な物言いですね」

「勇悟。とりあえず薫の話を聞いてあげてよ」

クッキーに手を伸ばす志水がそう口を挟む。

「志水くんはもう知っているんですか？」

「まあね。実際にその場にもいたしね」

どうやら今日のサロンで、よほどのことがあったらしい。

「分かりました。ではまず話を聞きましょう。文月くん、お願いします」

「はい。では今回は、僕自身の言葉として相談事を出題させていただきます」

「？　これまでのように、相談してきた方の真似はしないのですか？」

「はい。その……実は今回の相談者には、少々問題がありまして」

変に言い淀む、薫。

何かありそうだ。

「できれば正確な情報が欲しいので、これまで通りにしてもらいたいのですが？」

正直、薫による記憶再現は侮れない。

「いえ、ですけど……」

戸惑いを見せる薫は、助けを求めるようにチラリと志水を見る。

「薫、やってあげなよ。もしかしたら勇悟ならではの視点で、俺たちでは分からなかった何かに気付くかもしれない」

志水にそう言われ、薫は「分かりました」と意を決したように立ち上がる。

そしてポケットからメモ帳を取り出すと、背を向ける。

こちらからは見えないが、いつも通り、メモ帳のページを確認し、目を閉じて思い出しているようだ。

そしてすぐに「よし」という気合いの声と共に振り返り、そして薫は演技を始める。

「あのね～、かなね～、おねえちゃんにききたいことがあるんだ～」

勇悟の目が点になった。

「文月くん。あなた頭は大丈夫ですか？」

「だから、ちゃんとした自分の言葉で話したかったんです！」

チラリと志水に目を向ければ思いっきり噴き出している。どうやら、こうなると分かっていたらしい。

「えーっとつまり、今回の相談者というのは……」

「はい、八歳の女の子なんです」

相談者の名前は、仙波佳苗《せんばかなえ》ちゃん。

本日は、ご両親と共にサロンにお越しになられたということだ。

「佳苗ちゃんのお父様は仙波将司《しょうじ》様ですね」

「はい」

仙波将司。三十二歳。東北で長い歴史を持つ豪商の跡取り息子。

現在は、社長を務める父親の下で、経営のイロハを学びながら副社長として働いている。

脳内のデータベースから情報を引き出した勇悟に、薫がその時の状況を語り始める。

本日の午後、いつも通りの時間にサロンの指定席に座った可憐お嬢様は、ひとり読書をしていた。

しばらく向かいの席に座る方もいなかったので、今日もそうだろうと思っていたらしい。

佳苗が一人、お嬢様のところへやって来たのは、そんなタイミングだった。

そしてお嬢様に向かって、「相談に乗ってください」（正しくは元気な声で「かなのそうだんに、のってください！」）と言ってきたらしい。

「お嬢様はなんと？」

「僕に全部丸投げしました」

「でしょうね」

可憐お嬢様は、話が通じない生物が苦手である。

自分勝手な子供、好き勝手に動き回る動物、話が理解できないバカ。この辺りがお嬢様の嫌がる生物に分類される。

「それで？」

「お嬢様でなければ嫌だと駄々をこねられました」

「それはそれは」

笑顔で近づく薫に向かって、大声を出す女の子の絵が想像できる。

さぞ大騒ぎになったことだろう。

「見かねた可憐お嬢様に『行儀よく淑女として振る舞うなら話を聞いてあげる』と言われ、佳苗ちゃんは大人しくなりました」

「それを可憐お嬢様が言ったんですか？」

「はい」

「文月くん。『自分のことを省みずによくもまあそんなことが言えたもんだ』ときちんとお嬢様にツッコみましたか？」

「口から出そうになりましたが、心の中で留めておきました」

隣でうんうんと頷く志水もまた、同じように思ったらしい。

まあ、それはそれとして。

「そこから佳苗ちゃんの相談が始まったと」

「はい。席に座り、お出ししたオレンジジュースを飲んでから話を始めました」

「最初の一言はやはり」

「『これは最近漏れ聞こえたお話なんですが』でした。まあ、ちょっと舌足らずでしたけど」

「分かりました。では続きは文月くんの言葉でお願いします」

薫は「はい」と頷くと、一度深呼吸を挟み、意を決したように口を開く。

**「あるところに蛇がいました」**

思わず目を見開く。

その単語は、勇悟にとってあまりにも鮮烈だったからだ。

薫は話を続ける。


**「あるところに蛇がいました。**

**とても退屈している蛇です。**

**何か騒がしいと、寝ていた蛇は瞼《まぶた》を開けます。すると大空を飛ぶ綺麗な鳥を見つけ**

**ました。**

**綺麗な鳥は声高らかに歌っています。**

**それはとても美しい歌声です。**

**空を飛ぶ鳥を見上げる蛇は、少し考えると、リンゴの木を揺らしながらスルスルと登り、自由に飛びまわる鳥に向かって声を掛けました。**

**鳥さん、鳥さん、遊びましょう。私と一緒に遊びましょう。**

**では問題です。**

**蛇は鳥となんの遊びをするでしょう？」**


薫が語り終えると、しばしの沈黙が《椿の三》の間を支配する。

「なるほど。これはなかなかの問題ですね」

蛇。

当然、連想するのは『蛇の女』。

最近、可憐お嬢様がその存在を知った犯罪計画をバラ撒く女。

可憐お嬢様の大好物。

そして勇悟がその接近を危惧した存在だ。

「それで文月くん、この答えの正解は？」

こうなった以上、呑気にゲームを楽しむつもりはない。

「分かりません」

「分からない？」

「佳苗ちゃんが答えを知らなかったんです」

「ですが、これまでのことを考えると、この問題もまた水平思考ゲームではないのですか？」

「そう思って佳苗ちゃんに聞いたんですけど、逆に『分からないから聞きにきたのに』って怒られちゃいました」

どうやらそれが先ほど薫が言っていた三人で解くという言葉の意図らしい。

「誰も答えを知らない水平思考ゲームですか」

「もはや単なるなぞなぞだよね」

志水もまた肩を竦める。

「その場はどうやって納めたのですか？」

「お嬢様が、答えは『縄跳び』だとお答えになられました」

「なぜですか？」

「仲良くなりたいから自分の体を使ったということでした」

「それで佳苗ちゃんは納得しましたか？」

「いえ。『よくわからない。なんでなんで』と追撃が始まったので、お嬢様から丸投げされました」

付き纏《まと》ってくる女の子の世話を薫に命令し、自分は本で顔を隠して知らんぷりするお嬢様の姿が容易に想像できる。

「でも薫はちゃんと答えていたよね」

その場に居合わせたらしい志水がニヤリと笑う。

「なんと説明したんですか？」

「蛇と鳥は、全然違う生き物です。だけど蛇は鳥と遊んでみたかった。人間も同じです。国籍や人種、身分が違う子がいて、でもその子とお友達になりたいと思ったら、自分の気持ちを伝え、手を差し出すこと。その気持ちが一番大事だよ、と伝えました」

何かとても良い話に聞こえるが……。

「それと縄跳びがどう関係するのですか？」

勇悟がそう尋ねると、薫が嫌そうな表情を浮かべた。志水がニヤニヤしているところを見ると、佳苗ちゃんもまったく同じことを聞いたようだ。

「蛇は何も持っていません。だから自分の体でできる遊びといったら、自分を縄にして遊ぶ縄跳びしかなかったのです」

「それで納得してくれましたか？」

「まあ、一応納得はしてくれました」

とはいえ、あまり反応は芳しくなかったのだろうというのは、薫の表情を見れば分かる。

やや不満が残る結果となったらしいが、とりあえず佳苗ちゃんの相談事は、それで済んだらしい。

ここで勇悟はスッと眼鏡を上げた。

「話は分かりました。ここで一度各々の意見を聞きたいのですが、この話を聞いた私自身、このメッセージの差出人は『蛇の女』であると考えています」

「僕も同じです」

「俺も同じだ」

「つまり今回の相談事は、少女を使って『蛇の女』からメッセージが送られてきた、という認識でいいですね」

薫と志水が共に頷く。

「結構。話を戻しましょう。佳苗ちゃんから持ち込まれた相談事は、とりあえずは解決した。……ですが当然、それで終わりにした訳ではありませんよね？」

コクリと頷く薫は、志水に目を向ける。

「佳苗ちゃんが話をしている時に、薫というかお嬢様から合図があってね。俺の方でも親御さんにお話を聞いたんだ」

八歳の女の子である佳苗がどこからその話を知ったのか？

いや、誰を通して『蛇』と繋がっていたのか？

当然、その経路を把握する必要がある。

志水は語り出す。

「佳苗ちゃんの母親である奥様の話だと、家族三人で都内に出かける用事に合わせて今日、道明院家のサロンに来ることは大分前から決まっていたらしい。そこに可憐お嬢様が唐突に始めた『探偵相談席』の話が聞こえてきた」

「だいたい半月前くらいの話ですね」

「相談事は、父親である仙波が仕入れてきた話らしい。『娘に何か特別なことをさせてあげたい』と言い出してね。佳苗ちゃん自身、『お嬢様探偵』のことは知っていたらしくてね、喜んで何度も練習していたそうだよ。……ただ、日が経つに連れ、よほどの相談事でなければお嬢様に追い払われるという悪評も聞こえてきて、奥様としてはそこで非常に迷ったそうだ」

当然の反応だ。普通の親なら、娘をそんな席に座らせようとは思わないだろう。

「だが座らせた」

志水は頷く。

「奥様は夫である仙波に『相談事をさせるのを止めさせよう』と言ったらしい。だけど仙波は反対したそうだ。『何事も途中で止めさせるのは、子供の為に良くない』『子供が頑張っているのを無下にしたくない』。そんなことを言われてしまい、奥様は渋々承諾したそうだ」

そして今日を迎え、佳苗ちゃんがお嬢様のもとへと乗り込んだ、という風に話は繋がっていくらしい。

なんにしても今回の相談事の出所は父親である仙波のようだ。

「仙波様自身への確認は？」

「そちらは可憐お嬢様がお聞きになりました」

薫がその時のことを語る。

佳苗ちゃんの相談が終わると仙波がやってきて、佳苗ちゃんがちゃんと相談できたか確認してきたのだそうだ。

「内容が分かったかとお尋ねになられたので、お嬢様は『きちんとできて偉かった』とお褒めになりました。そして胸を撫で下ろしホッとする仙波様に、『このなぞなぞをどこで仕入れたか』をお聞きになられました」

当然ながら、お嬢様もまた『蛇』という言葉が引っかかったのだろう。

「仙波様はなんと？」

「『仕事の相手』とだけ答えました。そこでもう少し踏み込もうとしたのですが、『取引相手のことは話せない』と断られてしまいました」

「それで可憐お嬢様は引き下がったのですか？」

いつもなら、相手が必要な情報を吐くまで質問（という名の尋問）を止めないお嬢様が珍しい。

「その……佳苗ちゃんがいましたから」

「なるほど」

流石のお嬢様も、幼い娘の前で父親を血祭りにあげるような残虐非道な行為はためらわれたらしい。

「気になりますね。その取引相手」

「ああそのことだけど。奥様に聞いた話だと、最近、商談を進めている関西の取引先じゃないかとのことだよ」

志水がそう補足する。

「そうですか。……というか、志水くんはどのタイミングで奥様からお話を聞いていたのですか？」

「そりゃ、旦那が娘を迎えに行っている時に、だよ」

「間男ですか？」

「一人でいる女性を放っておけないだけだよ」

悪びれた様子もなく微笑む志水。

いつものことではあるが、これが、可憐お嬢様と志水の情報収集の定番スタイルだ。

可憐お嬢様の事件調査において、運転手・鞍馬志水の情報収集経路は得てしてこのパターンになりがちだ。

お嬢様が情報元を絞り上げ、その間に、志水が近しい女性を口説き落とす。

まさに二人の連携技と言っても間違いではないだろう。

「関西の取引相手ですか」

普通に考えれば、これが『蛇の女』、あるいはその関係者だろう。

ここで一旦、情報を整理する。

「今回、佳苗ちゃんが持ってきた相談事が『蛇の女』からのメッセージとした場合、以前持ち込まれた柏木様、郷田様の相談事もこれに類すると見るべきでしょう」

導入部分が同じであり、（佳苗ちゃんの相談事はまだなんともいえないが）水平思考ゲームという共通点もある。

「勇悟。この前の話だと、柏木様と郷田には接点がないという話だったけど、仙波はどうなんだい？」

「そうですね。柏木様とは付き合い程度の顔見知りであるかもしれませんが、郷田様とはないと思います。とはいえ、あくまで表向きに見える情報としてですから、断定はできません。裏で繋がっていたという可能性は十分にある」

　薫が難しい表情を浮かべる。

「そうなると、柏木様と郷田、それと仙波様は『蛇の女』に取り込まれている、と考えるべきなんですかね？」

「郷田と仙波は間違いないだろうけど、柏木様はどうかな？」

「どういうことですか、志水くん？」

「郷田はヒントカードまで用意していた。仙波は自分の娘に仕込みまででした。そこまでするんだから、当然、何かしらの指示を受けていたと見ていいだろう。ただ柏木様は、そういう感じではなかったように見受けられた」

「僕も同意見です。柏木様は本当に、『小耳に挟んだ素敵な話』といった感じで、お嬢様にお話しになられていました」

「ですが実際、柏木様は『蛇の女』の思惑通りにお嬢様のもとにやってきた。しかも一番最初に」

「いや、それについては説明できる。『蛇の女』があらかじめサロンの予約情報を知っていたらどうだい？」

　志水の指摘に、勇悟は「なるほど」と思う。

可憐お嬢様が『探偵相談席』を始めてすぐに、柏木様がサロンを訪れることが分かっているのなら、柏木様の性格を読み、その行動を予測することはできる。

「こうなってくると、この三人が『蛇の女』と、どの程度親密なのかは気になりますね」

「柏木様は、やっぱりなんとも言えませんね。親密度に関係なく『お嬢様が喜びそうな話』として、話を持ち掛ければいいだけですから」

薫の言う通り、柏木様の性格を知っていれば、世界一の盗人が女性であるという水平思考ゲームをネタにすることで、柏木様を動かすことは難しくなかっただろう。

「郷田様についてはどうでしょう？」

「うーん、これまでの『蛇の女』の傾向を考えると、可憐お嬢様に恨みを持つ郷田に、お嬢様に恥を掻かせる方法を教えた、とすれば筋が通るのではないでしょうか？」

「ですが実際にできていません」

「その必要はないだろ、勇悟。『蛇の女』は、郷田の願いを叶えるフリをして、自分の意のままに操ったということも考えられる」

志水の意見には納得できる。

郷田の為の提案ではなく、蛇の女自身の為の思惑であったのなら、それはきちんと成立している。

郷田はまんまと『蛇の女』の都合の良いように操られたという訳だ。

「後は仙波様ですね」

どういった理由で『蛇の女』の為に動いたのか？

「たぶん脅迫かな」

そう口にしたのは志水だった。

「？　なんでですか、志水さん？」

「奥様の話が気になってね。仙波は主戦場である東北を離れ、よく関西に出向いていた」

「そこで『蛇の女』か、その関係者に会っていたのではないですか？」

勇悟は自分の推測を口にする。

「はたしてそうかな？」

どうやら志水の見解では違うらしい。

「ならいったい仙波様はなぜ関西に？」

「女だよ。たぶん仙波は不倫していたんだ」

「ふ、不倫！」

「良い反応だね、薫」

目を見開く薫を見て、ニヤリと笑う、志水。

「待ってください、志水くん。それがどう『蛇の女』の脅迫に……」

　そこで勇悟は口を噤《つぐ》む。

「そういうことだよ、勇悟。たぶんそのことを『蛇の女』に知られてしまったんだ。だから仙波は『蛇の女』に脅迫された、可憐お嬢様に相談事をするようにね」

「自分の娘を使うようにと、ですか？」

　不機嫌な表情を浮かべる勇悟。

　だが、志水は首を横に振る。

「いや、たぶんそれは仙波の独断だ。本来なら、このメッセージは仙波自身がお嬢様に言わなければならないことだったんだ。だけど仙波は佳苗ちゃんを使った」

「なぜですか？」

「可憐お嬢様に根掘り葉掘り聞かれるのを恐れたんだ。自分の不倫が露呈するかもしれないと思ってね。だから仙波は、自分とお嬢様の間に一つクッションを置くことにした。それが自分の娘である佳苗ちゃんだ」

　話を聞いていた、薫も口を開く。

「志水さんの話は間違っていないかもしれません。確かに仙波は、佳苗ちゃんを迎えにきた時に、『娘の話で内容は分かったか』とお嬢様に念押しのような確認をしていましたし、お嬢様が『分かった』と答えた後に、大袈裟だと感じるくらいホッとした表情を浮かべていましたから」

「待ってください。確かに志水くんの推理は合っているように聞こえます。ですが、そもそも仙波様が不倫をしていることが前提の話です。だが、それはなんの裏付けもない憶測でしかない」

「でも仙波はやっているね」

「その根拠は？」

多くの女性と浮名を流す眉目秀麗の運転手が不敵に笑う。

「俺の勘」

「……」

なんだろう、そのとても説得力のある理由は。

勇悟は妙に納得してしまい、薫もまた、何も言い返せないでいる。

「仙波が選ばれた理由は、今日、道明院家サロンに来ることになっていたからだと俺は見る」

「サロンの予約情報ですね」

道明院家のサロンは基本予約制。当日席が空いているかはその日になってみなければ分からない。

「そして仙波は見事役目を果たし、再び平穏な日常に戻っていきましたとさ、めでたしめでたし」

そう話を締めくくる志水。

「最低ですね。とりあえず、あの父親は死ねばいいと思います」

薫が嫌悪を露《あら》わにするのはとても珍しい。

まあ、気持ちは分かるが。

「文月くんはピュアですね」

「ピュアだね、薫は」

穢《けが》れた世界を知っている大人二人は「うんうん」と頷きつつも、甘酸っぱい気持ちになる。

「だってそうじゃないすか！　ありえないですよ！　気持ち悪い！　不潔です！」

「そうはいいますが、文月くん。世の中はそういう一面があるものです。現にここに、不潔の権化がいるじゃないですか」

「うっ、確かにそうですね」

「はっはっはっ、褒められると照れるね」

「いえ、褒めてませんから」

真顔で手を振る薫。

しかしすぐまた怒りを爆発させる。

「納得できません！　こんなのは間違ってます！」

本気で悔しがる薫。

よほど許せないようだ。

「まあまあ、落ち着きなって薫」

「これが落ち着けますか！」

「大丈夫大丈夫。よく言うだろ？　悪いことをした人間には必ず天罰が下るって」

ニヤリと笑う志水。

その笑みで勇悟は察する。

「何かしましたね、志水くん」

「別に。ただ俺は自分なりの見解を奥様にお伝えしただけだ」

「告げ口したんですか！」

「はしたない言い方をするものじゃないぞ、薫。ちょっとしたアドバイスをしただけだよ。『気になることがあればご実家に相談してみるといいですよ』ってね」

これには勇悟が驚く。

「志水くんは、知っていたんですか？　仙波様の奥様の素性を？」

「いいや。今日初めてお会いしたけど、あの奥様、どこぞの名家のご息女様だろ？」

「流石ですね。ええ、その通りです。嫁いだ先の仙波の家より遥かに格上です」

「そうなると、色々とまずいだろうね」

「ええ、色々と大変でしょうね」

ニヤリと笑い合う志水と勇悟。

仙波がどんな結末を迎えるかは分からない。ただどんな事態になったとしても、奥様と佳苗ちゃんは、最終的には奥様の実家で恙《つつが》なく生きていくことができるだろう。

「さて、こんな塩梅だけど、お気に召したかな、お姫様？」

「だれがお姫様ですか」とそっぽを向く薫。とはいえ、どうやら溜飲が下がったらしい。

「ところで志水さん。天に唾を吐くって言葉知ってます？」

「手厳しいな、薫は」

志水は諸手を上げて降参のポーズ。

まあこの男にもいつか天罰が下る日がくるだろうということに関しては、勇悟も疑ってはいない。


やや話が脱線してしまったが、とりあえずは情報を整理することで、色々なことが見えてきた。

「分かっていたことですが、『蛇の女』は社交界で随分と上手く立ち回っているようですね」

「そして関わった人間はいいように動かされている」

「……気のせいか、関わった男たちに対して他人事《ひとごと》の気がしないんだけど」

「……それについて考えるのは止めましょう」

なんにしても厄介な相手である。

「結局のところ、今回の『蛇の女』の狙いはなんだと思います？」

なぜ『蛇の女』はこんなことをしたのか？

そこになんの意図があるのか？

「お嬢様への挑戦状ですかね」

「あるいは、ただのちょっかいか」

「……私も二人の意見と同じです」

目を見合わせ、互いの認識が同じであると頷き合う。

そして三人は「「「はぁ～」」」と、とても大きなため息を吐いて、テーブルに突っ伏した。

「文月くん、お嬢様はこのことは？」

「当然、理解されていると思いますよ。今日サロンから引き上げる際、先日の件も改めて報告しましたから」

「お嬢様はどうなさると思いますか？」

「当然、迎え討つでしょうね」

「バチバチですか？」

「しないと思いますか？」

「思いません」

　再び大きなため息を吐く、三人。

「しばらくお嬢様を閉じ込めておけば、大丈夫だと思いましたが。まさか向こうからわざわざ出張ってくるとは」

「『蛇の女』の犯罪計画がお嬢様の大好物って話だったけど、『蛇の女』もお嬢様に興味津々みたいだね」

「類は友を呼ぶという奴ですかね？」

「同族嫌悪かもしれませんよ」

「なんにしても二つの巨大な特異点は惹《ひ》かれ合うか」

「たぶんそれ、ブラックホールだと思います」

「間違いないでしょう。そして周りにいる私たちは吸い込まれるわけですね」

「上手いことを言うね、勇悟。上手すぎて涙が出てくるよ」

「どうなるんでしょうね、僕たち」

落ち込む三人の耳に電話の音が鳴り響く。

《椿の三》の間の電話は、可憐お嬢様から直通である。

席から立ち上がった勇悟が電話に出る。

「もしもし……はい。分かりました。すぐに」

「お嬢様からかい？」

「ええ」

「薫の呼び出し？」

「はい。という訳でお願いします、文月くん」

「分かりました」

これからお嬢様の前に出るということで、気合を入れ直す薫。

椅子から立ち上がった薫は、扉の前まで行ったところで一度足を止めた。

「勇悟さん」

「なんですか、文月くん？」

「勇悟さんならきっと、可憐お嬢様の行動を先読みして動けるはずですよ」

そう言って、薫は《椿の三》の間を後にした。

――後日談。というか翌日のこと。

道明院可憐の御側仕えである新人召使《フットマン》・文月薫は、突如としてその行方が分からなくなったのであった。

# 第七話　ひとりでも手に余るのだから、ふたりならお手上げだ

薫が行方不明になってから三日後。

その日の夜、岸勇悟と鞍馬志水は、二人揃って《椿の三》の間に戻ってきた。

疲れ切った表情の二人はテーブル席に無言で座る。

ぐったりとした様子の二人の間に、しばらく沈黙の時間が続いたが、やがて勇悟が口を開いた。

「さて、どちらから報告しますか？」

「勇悟からがいいだろう。なにせ、その場に居合わせたんだから」

「そうですね」

今日、ちょっとした出来事があった。

なんてことはない。

可憐お嬢様と『蛇の女』の接触があったのである。


時は今朝まで遡《さかのぼ》る。

薫が行方不明になって三日が経過していた。

可憐お嬢様は謹慎が解けたにもかかわらず、結局屋敷から出ることはなく、ずっと自室に籠《こも》っていた。

そんな中、勇悟に声が掛かったのは今朝のことだ。

今日の午後、サロンに顔を出すから付き合うようにと。

昼食後、サロンが開放される時間になると、予告通り可憐お嬢様はサロンへと入られた。

もちろん座る席は、ここ最近ずっと占領していた『探偵相談席』。

なんだかんだで、謹慎後もそこはお嬢様探偵専用席となっており、可憐お嬢様がお越しになった時は、奇妙な相談事を持参しているなら誰でも向かいの席に座っていい、というルールも生きている。

可憐お嬢様は席に着くと、持参した本を読み出した。

行方不明の薫に代わり、お嬢様に紅茶をお出しした勇悟は、一歩下がるように背後に控え、その時を待つ。

その間も道明院家サロンでは、いつも通り午後のお茶会が開かれ、次々と社交界の面々が使用人の案内で席を埋めていく。

そんな中に、とある一組のカップルの姿があった。

美しい女性を連れた若い男。ブランド物のスーツを身にまとい、腕時計も数百万はする代物だ。最近、サロンの会員権を手に入れたベンチャー企業の社長である。

席に案内される途中、男は奥の通路から出てきた別の客に声を掛けられた。

本日、奥の個室に席を取っている中年の客で、どうやら男の知り合いのようだ。

仕事の相談があると言われ、男は困った顔を浮かべたが、仕方ないといった様子で承諾。連れの女性に先に行っているように言って、奥の個室へと消えていった。

残った女性は、ボーイに案内された席に腰を下ろす。

その際、こちらに目を向けると、ボーイに何かを尋ねた。

女性の質問に対し、ボーイがにこやかに説明すると、「それは楽しそうね」と美しい笑みを浮かべる。

ボーイが下がるのを待って、女性は席を立ちあがり、こちらに向かって歩いてきた。

「こんにちは」

声を掛けられ、可憐お嬢様が顔を上げる。

「今、あちらのボーイさんに聞いたのだけれども、何か面白い謎があれば話を聞いてくれるというのは本当かしら？」

可憐お嬢様は本を閉じると、向かいに座るように促した。

そして女性はお嬢様の向かいに座るとニッコリと微笑み、こう言った。

「鳥さん、鳥さん、遊びましょう。私と一緒に遊びましょう」

美しい女性だった。二十代前半。モデルのようにすらりとした長身。男なら誰もが振り向くような女性らしさを全て持っている。

確かに美しい。

だが勇悟は、その瞳が気に入らなかった。

勇悟がこの世で一番気に入らない女性とまったく同じであると感じたからだ。パーツが似ているという訳ではない。そこに宿る光が同じなのだ。

暗黒星。

そんな単語が頭をよぎった。

まあ、同じ暗黒星な目をしたお嬢様は、すぐ目の前にいるのだが。

勇悟は、意識の邪魔にならない程度で、お客様に対して飲み物を伺うと「お任せするわ」と注文を受けた。

恭《うやうや》しく頭を下げ、紅茶の準備を進めながら二人のやり取りに意識を向ける。

「それで鳥さん。私となんの遊びをしてくれるのかしら？」

お嬢様はこう答えた。

かくれんぼ、であると。

女は楽しそうにニッコリと笑い、こう尋ねた。

「それで？　あなたは、私の獲物を一体どこに隠したのかしら？」

文月薫は現在、行方不明となっている。

なんてことはない。

可憐お嬢様が行方不明にしたのである。

なぜ？

『蛇の女』が狙う薫を隠す為である。


『蛇の女』が寄越した三つの相談事。

それらは全て繋がっている。

時系列通りに順番を並べ替えると、本当のメッセージが見えてくる。

蛇が企《たくら》み、リンゴの木を揺らした。リンゴが落ちたことで盗人が教会を見つけ、神父を連れ出す。結果、気まぐれな女神が七月を取り上げた。

つまり、蛇が動いたことにより、七月が取り上げられる。

七月は文月。

それは『蛇の女』による文月薫の誘拐示唆であったのだ。

郷田が持ってきた三枚の封筒の中にあったカードに書かれていた数字。

それは日付と時刻を示していた。

何の？

それは『蛇の女』がお嬢様に会いにやってくる時間であり、同時に薫を誘拐するという予告時間と、お嬢様は考えた。

それこそが、佳苗ちゃんが持ってきた三つ目の水平思考ゲームの答えであり、全ての相談事の中に込められたメッセージでもあったからだ。

勇悟は胸ポケットから懐中時計を取り出す。

予告の時間まであと一〇分。

女はにこやかに笑う。

「結果はもうすぐ出るわね」

お嬢様は何も答えず、ジッと『蛇の女』を見ている。

紅茶の準備ができたので、勇悟は「失礼します」と言って、紅茶と用意しておいたシフォンケーキを一緒にお出しする。

「ありがとう。いただくわ」

使用人への礼も忘れず、浮かべる笑みも華やかだ。

その動作一つ一つが美しい。高い教養が感じられる。いや、それに加えて、魅せることを知っている。

それが勇悟の分析だった。

「この紅茶、とても美味しいわ。ケーキともよく合っている」

女の賞賛に、勇悟は「ありがとうございます」と礼をする。

現在逃走中の新人召使《フットマン》にも、こういったことができるようにするのが、勇悟の教育目標の一つである。

そんな勇悟に向かって、女は笑い掛けてくる。

「とても優秀なのね。私はね、あなたのことも欲しいと思っているのよ」

女は自分には困った癖があると口にする。

欲しいモノは手に入れた途端、飽きるのだと。

「でもあの子は違うかもと思うのよね」

なぜか？

「だって、あの子は、かの『お嬢様探偵』にも勝ったことがある男の子だもの」

可憐お嬢様は微動だにせず、女の独り言に耳を傾けている。

「私はね。『お嬢様探偵』のファンなのよ。彼女は素敵よね。どんな事件でも一〇〇％解決してしまう。私の暇つぶしの思い付き程度じゃ相手にもならない。まさに無敵の存在よね」

でもね、と女は目の前のお嬢様に向かって言う。

「あなたは違うことを私は知っている。あなただけではそうね……せいぜい九八%といったところかしら」

女は微笑みながら、綺麗な指で小さな隙間を作る。

「あなただけでは二%ほど足りない。だからあなたにはあの子が必要なのよね？」

お嬢様は何も答えない。

そんな女から視線がこちらに向けられる。

「嫌な話よね、執事さん。長年仕えているというのに、執事さんはこのお嬢様にとって小数点以下の存在でしかないというのだから」

それはどこか哀れみのある視線と表情。だけど不思議と嫌な気分はしない。

「よかったら私のところに来ない？」

むしろそれは甘美な誘い。いや、救いに思えた。

「あなたなら私にとっての一〇%にはなりえるわ」

奇妙な例え方だと思った。同時にそれが非常に微々たる数字に感じた。

眉を顰める勇悟に女はクスクスと笑う。

「それが少ないと思う？　私はそうは思わない。人が他人に与える影響なんてモノは決して大きくない。あなたの全ては誰かの影響でしか成り立っていないかしら？　そんなことはないわよね。あなたには自分の意思という大きな核がある。それを取り巻くように、他人が少しずつ影響しているだけ。その一つ一つは微々たるモノよ」

　独特な表現だ。

「それに器の大きさも関わってくるわ」

　女は自分の胸に手を当てる。

「私はね、こう見えて結構大きな存在なのよ。そんな私の人生に、あなたはそれだけの影響を与える存在になりえる」

　女はニッコリと微笑む。

「世界の一〇%を動かせる存在を、あなたは小さな存在と思うかしら？」

　勇悟に対し、高い評価をしているだけではない。

　自分が世界であると言っているのだ。

　冗談でもなんでもなく、真剣に。

　だが、それを否定できない何かがある。

　目の前の女には、見ている人間にそう錯覚させる何かがある。

　その瞳に——暗黒星に吸い込まれそうになった勇悟に、お嬢様が「紅茶を」と声をかける。

　まるで頬を叩かれたように、ハッとなった勇悟は、慌てて動き出す。

　クスクスと笑う女に、お嬢様が、時間よ、と口にした。

同時に女が鞄から取り出したスマホに着信が入る。

お嬢様に、出れば、と言われ、女が電話に出る。

女は何も言わなかった。

ただスマホの向こうからの報告にため息を吐いた。

「残念。今回は私の負けみたいね」

それだけ言うと、女は席を立った。

そして胸元から一枚のカードを取り出し、それをスッと差し出す。

「はいこれ、私の連絡先。いつでも電話してね」

そう勇悟に微笑むと、思い出したようにお嬢様に視線を向けて「また遊びましょう」と言い残し、女は自分の席に戻っていった。

会合時間わずか一〇分。

だがその短い時間は、勇悟にとって、とてつもなく長い時間に思えた。

お嬢様が手を差し出してきた。

カードを渡すように言われたのでそれに従うと、ビリビリに破かれ、捨てておくようにと突き返された。

結局、女は自分の席で男を待ち、戻ってきた男と小一時間ほど会話を楽しむと、男にエスコートされて、サロンを後にしたのだった。

勇悟の話が終わると、志水が「なるほど」と苦笑する。

「表じゃそんなあっさりしていたのか。こっちの苦労とは大違いだ」

その時間、鞍馬志水は別の場所にいて、ある命令を遂行していた。

なんてことはない。『蛇の女』の魔の手から薫を逃がす為に奔走していたのである。

可憐お嬢様はこの数日、屋敷に籠りっぱなしだった。

なぜか？

それは運転手が不在だったからである。


志水が命令を受けたのは三日前のこと。

内容はいたってシンプル。

どこでもいいから三日間逃げ続けろ。

志水は大型バイクに跨《また》がると、サイドカーに乗せた、マスクとサングラスをした護衛対象と共に、あてのない旅に出た。

行き先はその時の気分。追跡者を気にしながら、バイクを走らせた。

それなりに楽しいバイク旅だった。

ただその間、常に誰かの視線は感じていたし、何者かに跡を付けられている気はしていた。

連中は何もしてこなかった。今日までは。

今日の正午になると、気配は一層濃くなり、予告時間三〇分前になると同時に、一斉に襲い掛かってきた。

高速道路でカーチェイスの火蓋は切られた。

何台もの車とバイクに追いかけられ、サイドカーを切り離し、護衛対象を後部に乗せ、追手の隙間を縫って、逃げ続けた。

一般道に下り、裏道を走ったが、しまいには車をぶつけられ、バイクも乗り捨てて逃げる羽目に。

そして予告時間五分前になると、十人以上の男たちに取り囲まれてしまった。

「まあ、ここまでかな」

そして志水は、護衛対象のマスクとサングラスを取った。

護衛対象の素顔を見た男たちの一人が、戸惑いながら呟いた。

「……おい、こいつ誰だ？」

それは文月薫ではなかった。

最近、道明院家の三男に仕えることになった御側仕えの新人である。

「さて、どうする？　やるならお相手するけど、あまり意味はないだろ？」

ニヒルに笑う志水の言葉に、リーダー格の男が引き上げを命じ、男たちは去っていった。

なんとかなったと息を吐いた志水は、茫然としている新人御側仕えの背中を叩く。

「お疲れ」

「本当に命を狙われていたんですね」


志水の話を聞き終え、勇悟は「お疲れ様です」と言葉を掛ける。

「帰りに新人くんと焼き肉食べてきたけど、それくらい大目にみてくれよ」

「後で領収書を回してください」

「さて、俺たちのところはその程度だったけど、他はどうだったんだい？」

「サンフランシスコとミュンヘンは引っかかったようです」

「そりゃ凄い」

可憐お嬢様の御側仕えである志水が、誰かを連れてコソコソと逃げ回っていた。

そんな一番もっともらしい箇所がダミー。

だが当然、それ以外にもダミーは存在した。

それは、仕えるべき主に付き添い、世界を飛び回る道明院家の御側仕えたちだ。

志水が襲われていた同刻限、サンフランシスコにいる次男の御側仕えたち、そしてミュンヘンにいた長女の御側仕えたちが、何者かに襲われたという報告が入ってきている。

北京にいた三男の御側仕えたちはセーフだったが、事前に何度か怪しい接触があったらしい。

つまり道明院家のサロンで二人の女がお茶をしている間。

少なくとも数十人の男たちが世界各地でドンパチをしていたのだ。

「嫌だねぇ」

「怖いですね」

心の底からの本音が零れる。

「それにしても今回は随分と手の込んだことをしたもんだね、勇悟」

今回の一連の出来事を仕組んだのは、我らが可憐お嬢様——ではなく。

ここにいる、岸勇悟なのである。

時は数日前に遡る。

それは薫が行方不明になる前日のことだ。

お嬢様から、今度は勇悟が呼び出された。

そして薫を隠す旨が伝えられた。

可憐お嬢様は、その理由を説明しなかった。

いつも通り、事件に首を突っ込んだ終盤にそうしているように、何も分かっていないだろう勇悟に、一切の説明なく命令を出しただけだった。

だが今回はいつもと違いその理由を理解する勇悟は、それを良しとはしなかった。

「それでは不十分でしょう」

そして勇悟は、自分が呼び出されるまでに考えていた、ご兄弟の御側仕えたちを巻き込んだ迷彩作戦をお嬢様に提案した。

それを聞いた可憐お嬢様は、勇悟の提案を受け入れ、勇悟に全てを任せた。

勇悟はすぐに行動を開始した。

可憐お嬢様のご兄弟である次男、三男、長女の御側仕えを仕切るまとめ役たちに取引を持ち掛けた。

取引内容は『五日間、御側仕えを一人、交換して欲しい』と。

薫を守る為という、真の理由は伝えずに。

だが当然、他のまとめ役からすると、勇悟の提案は何かしらの画策であることは容易に想像できる。

色々と突《つ》かれはしたが、最後は各自への貸しを使い、強引に取引を成立させた。

そして勇悟は、次男の御側仕えを長女のもとに、長女の御側仕えを三男のもとに、三男の御側仕えを志水が受け持ち、当の薫は次男のもとに……と見せかけて、別の場所に送り、代わりの者を次男のもとへ派遣した。

勇悟は他のまとめ役たち全員と同時に打ち合わせをしたわけではない。

各自と取引をし、他のまとめ役と取引したことを伝えていない。

結果、どうなるか？

各まとめ役は、勇悟が取引したのは自分だけだと思い、送られてくるのは、勇悟が率いる可憐お嬢様の御側仕えの誰かだと予想した。

しかし実際は違った。それぞれ送られてきた御側仕えたちを横に回しただけだ。

目的は、薫の存在を隠す為の情報のかく乱。

結果は、この通りである。

本物の薫の居場所を探そうとしていた『蛇の女』の手の者たちが最終的には一斉に襲い掛かってきた。

全てダミーであったとは読み切れずに。

「それにしても、まさかお嬢様が、勇悟の進言を受け入れるとはね。まったくの予想外だったよ」

「でしょうね。なにせ私自身、初のことですから」

お嬢様の計略に一枚噛めたのは、これが初である。

「何を言ったんだい？」

「別に大したことじゃありませんよ」

ただ進言する時、勇悟はこう付け加えた。

文月薫の教育係として、私には彼を守り育てる義務がある。

暗に伝えたのだ。薫を守るにはそれでは不十分であると。

確かに勇悟は、推理では可憐お嬢様には勝てないかもしれない。

だが、それ以外で負ける気はない。

「それで？　当の薫はいつ帰国するんだい？」

「ご当主様の予定に変更がなければ二日後になります」

勇悟があらゆる交渉カードを使い、敵対勢力でもある各御側仕えたちとの取引を成立させる中、同時に自分の上司である道明院家の執事長である第一執事に掛け合い、眼・帯・を・外・し・た・薫を人知れず御当主の御側仕えの中に紛れ込ませていた。

御当主の御側仕えたちは、言ってしまえばエリート精鋭部隊。守れぬモノなど存在しない。

今日、勇悟たちがひりついていた間、薫は何をしていたかというと、道明院家当主である道山様の御側仕えたちに紛れ込み、台湾で楽しく飲茶《ヤムチャ》をしていたらしい。

あの性格のせいか、皆に気に入られ、チヤホヤされていたとか。

呑気なモノだ。まあそれで守れたのだから良しとするべきだろう。

今回のことで、他の御側仕えたちからは様々な非難が飛んでくるだろうが、後でどうとでもすればいい。

なんにしても今回は、どうにか事なきを得たようだ。

「お疲れ、勇悟」

「ええ、本当に疲れましたよ」

本当に疲れた。

「それで？　なんで『蛇の女』を捕まえなかったんだい？」

「なんの理由で捕まえればよかったですか？」

少なくとも『蛇の女』は道明院家のサロンにやってきてお茶を飲んだだけである。

お嬢様の前に座り、電話を受けただけ。

「でっち上げればよかっただろ？　なにせ道明院家の敷地内の話だ」

治外法権とでも言いたいらしい。

ただ忘れている。

「それを許さない、どこぞのお嬢様がいるでしょうが」

「そうだった」

大好物を生み出す邪悪な蛇を閉じ込めるのを良しとしない存在がすぐ側にいる。

「それで？　今回、分かったことは？」

『蛇の女』の名は、越智雅《おちみやび》ということだけです」

「裏は取ったんだろ？」

「ええ。少なくとも、その名の女性の中に、身体的特徴が一致する人物は存在しませんでした」

「つまり偽名ということか。結局、振り回されただけだったね」

「これからも振り回されるということでしょうね」

「勘弁してほしいよ。振り回されるのはお嬢様だけで十分だ」

「〝ひとり〟でも手に余っているのですから、〝ふたり〟ならお手上げですね」

重たいため息を二人吐く。

「勇悟、甘いお茶が飲みたい」

「自分で淹れなさい」

「そんなこと言っていいのかな？」

「？　なんですか？」

「実はさっき遊馬くんに会って、この後、ベイクドチーズケーキを分けてもらう約束を取り付けた」

「そういうことは早く言いなさい」

スッと立ち上がった勇悟がそそくさとお茶の準備を始める。

「ただ問題があるとすれば、分けてもらう予定のケーキの数が三つということなんだ」

いつものように薫の分も含まれているらしい。

「文月くんの帰国はいつでしたっけ？」

「二日後だね」

「日持ちがするモノではありません。分けてしまいますか」

「いや、それよりも、もっと有効な使い道がある」

「それは？」

「ケーキを貰いにいくついでに遊馬くんもお茶に誘うんだ。なに、直接感想を言わせてほしいと言えば、断られることはないだろう」

「志水くん、キミは天才だ」

「だろ？　じゃあさっそく行ってくる」

「どうせだから泊まってもらいましょう。幸い、今日は部屋が一つ空いていることですし」

# 第八話　釣れますか？

『蛇の女』をなんとか追い払ってから数日後。

勇悟・志水・薫の三人は、揃って休みを取ることになった。

昨夜、可憐お嬢様から直々に明日は休むようにとお言葉があったのだ。

そんなことを言われてしまい、「明日は季節外れの豪雪か？」とも思ってしまったが、奇跡的に晴天に恵まれた。

そんな訳で、勇悟と志水は、道明院家にほど近い場所にある河川にやってきていた。

ここは穴場の釣りスポットであり、時々釣りをしにくる場所である。

ちなみに薫は、予定より少々帰国が遅れ、本日戻ってくることになっている。

なので戻りしだい、こちらに来るように伝言を残し、二人で先にやってきた、という訳だ。

慣れた手つきでセッティングを済ますと、二人並んで釣り糸を垂らす。

「今回は色々と大変でしたね」

「今回もだろ？」

「そうですね」

釣り糸を垂らしながら、自然を眺める。

平和を噛み締めるひと時。

人生を有意義に過ごす為には、こういった時間を大切にしなければならない。

「そういえば、勇悟。気になっていたんだけどさ、どうしてあんな手の込んだ計画を練ったんだい？」

「お嬢様に進言した計画のことですか？」

志水が頷く。

勇悟が薫を隠す為に立案したのは、他の御側仕えたちを巻き込み、道明院家の裏方全てを巻き込んだ盛大なダミー計画だった。

「あの後、可憐お嬢様が考えた計画も聞かせてもらったけど、それでも十分だったと思ったけどね」

だが勇悟はそれを突っぱね、自分の計画を提案した。

その真なる意図はどこにあったのか？

釣り糸に新しいエサを付けた勇悟が、それを放り投げながら答える。

「サロンの予約表です。あれは外部の人間がおいそれと手に入れられるモノではありません」

なるほど、と納得する志水。

「つまり道明院家の内部に、『蛇の女』と繋がっている人間がいると？」

「それも使用人クラスではありません。かなり中枢に近い人物、あるいは血縁者の中にいる誰かかもしれません」

それは可憐お嬢様の専属執事として、何より道明院家の第四執事として見過ごせない状況である。

だからこそ、込み入ったダミー計画を画策し、情報ルートを制限した。

全ては裏切り者を炙り出す為である。

「それで成果は？」

「なんとも言えませんね」

断片的な可能性は確認できたが、その中から決定的なモノを拾い上げるには至らなかった。得られた成果は十分なモノとは言い難い。

「ようやく合点がいったよ。なんでお嬢様が勇悟の進言を受け入れたのか」

つまりお嬢様もその可能性に気付いたのだ。だから勇悟の計画を採用した。

「単に面倒臭かったんでしょう」

「事件以外に興味ないだろうからね、我らがお嬢様は」

『蛇の女』との対決は楽しむ。薫を奪われるつもりはない。

それ以外の雑事は任す、というヤツだったのだろう。

「今回は色々と思うことがあったよ」

志水がそう呟く。

「どんなことですか?」

「結局のところ、今回の話は、薫がいたから成り立った話だったんだろうってね」

志水はそう言って、釣り竿を振る。

「それは文月くんがいたから『蛇の女』に狙われた、ということですか?」

「そうじゃない。今回は薫が柏木様の相談事に興味を持ったから始まったことだと思ってね」

面白い考え方だと勇悟は思った。

「私が何か問題を出してくれないかと聞いたからですか?」

「それは勇悟視点での話だ。そのおかげで、今回勇悟はお嬢様に命令させる前に、お嬢様の行動を先読みし、計画を提案することができた。だけどそれよりも、もっと根本的な話さ。蛇が仕掛けた三つの相談事に気付くことができたのは薫がいたからだ」

柏木様の相談事を薫が気に入った。だから続く郷田、佳苗ちゃんの相談事にも目を光らせることができた。

「文月くんがいなくても、可憐お嬢様が気づいたかもしれません」

「だとしても、事態の全容を知ることはなかった。なにせ可憐お嬢様は郷田が持ってきたヒントカードを見ることはなかっただろうからね」

郷田からの謎ではヒントを見ることもなく、置いていかれたカードを見ようともしなかった。

だがあのカードがなければ、蛇からの犯行時間の予告は可憐お嬢様には届かなかったことになる。

だからもし薫がいなければ、可憐お嬢様だけでは隠された謎にたどり着くことは難しく、『蛇の女』との接触には至らなかったかもしれない。

「それは結果論ではないのですか？　あくまで可能性の話です」

「そうかな？　俺は人生が何度繰り返されたところで、お嬢様が郷田のヒントを見ることはなかったと思うけどな。勇悟もそうだろ？」

否定はできない。

何度同じ状況になったところで、可憐お嬢様は見向きもしないだろう。

「あの三つの相談事は、蛇からお嬢様への挑戦状だった。だけど本当にそれだけだったのかな？　もっと他に、それこそ別の誰かに向けたモノが含まれていたんじゃないかな？」

『この話。僕、結構好きだったんですよね』

柏木様の相談事について薫が口にした台詞が頭をよぎった。

もし蛇が、薫が気付くようにサインを送っていたとしたら？

だからお嬢様は見過ごさずに済んだとしたら？

ふと『蛇の女』の言葉が、勇悟の脳裏をよぎる。

『あなただけでは二％ほど足りない。だからあなたにはあの子が必要なのよね？』

可憐お嬢様のわがままは『お嬢様探偵』としての看板があるからこそ許されている。

だからこそ、そこに汚点を残すことは許されない。

だからもし、至らぬ部分があるのなら、それを何かで補うことは間違いではないだろう。

だがそれは、決して悟られやすいモノではない。

現に道明院家の中でそれに気づく者はいなかった。

新人召使《フットマン》が『お嬢様探偵』の重要なファクターの一つであると、勘付く者はいなかった。

一緒に行動する、勇悟と志水を除いては。

だが、ついにそれに勘付く者が現れた。

しかも道明院家の外に。

『蛇の女』。

そして『蛇の女』は道明院家の誰かと繋がっている可能性がある。

正直、芳しくはない。

『蛇の女』の出方により状況が幾らでも変化する。

『蛇の女』は今後、どう動くのか？

「勇悟から見て、可憐お嬢様と『蛇の女』は、どっちが上だと思った？」

まるでこちらの心の内を見透かすように志水が尋ねてくる。

だから勇悟は素直に答えた。

「『蛇の女』ですかね。なにせ美人でしたから」

しれっと答える勇悟の言葉に、志水が笑う。

「それは残念。是非会ってみたかったな」

「会わせたくありませんね。志水くんは引っ掛かりそうだ」

「勇悟みたくかい？」

「私は引っ掛かりなどしていませんよ」

「でも『蛇の女』に誘われたんだろ？」

「ただの揺さぶりですよ。本心ではない」

「その根拠は？」

「私の経験です」

「それは、あまり当てにならなそうだ」

「失礼ですね」

ニヤリと笑う志水に、ムッとする勇悟。

「『蛇の女』の連絡先は分かっているんだろ？」

渡された連絡先を、可憐お嬢様にビリビリに破かれてしまったが、どうということはない。

薫でなくても、あれくらい一目見ただけで覚えられる。

「いいえ。分かりません」

だから勇悟はそう答えた。

「そうか、それは残念だ」

肩を竦める志水が釣り竿を引く。

獲物はなくエサだけ取られてしまったようだ。

「勇悟は『蛇の女』に、なんて評価されたんだっけ？　世界の一〇％を動かせるだっけ。それなりに高い評価だ。悪くないいじゃないか」

「あんなのは適当な言葉ですよ」

「そうかな？　あながち間違っていないいんじゃないかな。勇悟にはそれだけの技量がある」

新しくエサを付けた釣り糸を振りながら、志水はこう続ける。

「それに、お嬢様に小数点以下にしか思われていない、とも言われたんだろ。いいところ突くね、『蛇の女』も」

志水はそう悪態を吐く。

「……」

「そろそろ鞍替えも悪くないんじゃないかい？　自分を正当に評価してくれる人間のもとに行くというのは、幸せなことだと俺は思うけどね」

志水はそう言う。

「幸せ、ですか」

「もし、そんな風に思えないというなら、それはあまり健全じゃないと思うけどね」

「健全じゃない、ですか」

そうなのかもしれない。

可憐お嬢様にお仕えして十年。可憐お嬢様の自分への評価は変わらず「普通ね」だ。

その一方で、勇悟を評価してくれる人間がいる。そんな方に仕えた方が勇悟は幸せなのかもしれない。

だけどあの時、勇悟は思ってしまったのだ。

「ゼロだと思っていたのに実はそうでなかった。それを嬉しいと思ってしまうことは、重症ですかね」

自分はお嬢様にとってゼロの存在だと思っていた。

しかし蛇の女にほんの微かな影響を与える存在でしかないと言われた時、勇悟は嬉しく思ってしまったのだ。

世界の一〇％を動かすと評価された時よりも、これまでの自分の努力が無意味ではなかったと言われたようで。

そんな勇悟の言葉に、志水は呆れたように、それでいて楽しそうに、ため息を吐く。

「勇悟はドMなんだよな」

「ドMではありません。自分としてはSを自称しています」

「それだけ他人の評価と本人の気持ちは違うってことなんだろうね。まあ、いいんじゃないかな。他人がどう思おうと関係ない。結局は自分がどうしたいかだけだろ？要は自己満足だ」

「すみません。忠告してくれたのに」

「別にそんな深い話じゃないだろ。こんなのは、釣りの最中のちょっとした世間話だ。勇悟みたいに仕事にプライドのない、雇われゼロ人間の戯言《たわごと》だよ」

「それはあなたが、ゼロがいいと思っているからでしょう？」

志水は「そうだね」と否定もしない。

適材適所。求められれば応えるが、そうでなければ応えない。

それがこの男なのだ。

「ですが少なくとも私にとって、キミはゼロではありませんよ」

決して動かない。だけど側にいてくれて、そして言葉をくれる。

それだけで救われることがある。

志水が笑う。

「褒めても何も出ないよ」

「知っていますよ、それなりに長い付き合いですから」

そして並んで釣り糸を垂らす。

「……ところで」

「ああ、なんだと思う、アレ？」

二人が同時に向こうに目を向ける。

そこにはコソコソ隠れながらこちらの様子を窺っている薫の姿があった。

二人の視線に気づいたのか、薫は申し訳なさそうに近づいてくる。

「ど、どうもです。ただいま戻りました」

「というか、何をしていたのですか、文月くん？」

「いえ、その……お邪魔じゃないかと思いまして」

「何がですか？」

「いや、何か告白的な言葉が聞こえたような気がしまして」

どこの時点でやってきたか知らないが、またおかしな勘違いをしていたらしい。

志水も呆れた表情を浮かべている。

「薫はおこちゃまだからな。別にこんなのは普通のことだよ」

「ふ、普通なんですか！」

「信頼を言葉にして伝えるなんてことは普通のことです」

「それが大人ってヤツなのだよ、薫少年」

勇悟たちの言葉に、呆けた表情を浮かべていた薫だが、やがてキラキラと目を輝かせ始める。

「深いですね！　それとなんだかとってもカッコイイですね！　それなら僕にも何か言って欲しいです！」

そんな欲しがる後輩に、二人の先輩は温かい言葉を贈る。

「ここ一ヵ月、使用人としての勉強が進んでいませんでしたから、これからは勉強量を倍に増やします」

「今夜辺り、尻を引っ叩《ぱた》きにいくから」

「えっ、倍はちょっと……って、それより志水さん！　だから、それなんなんですか！　意味分からないですし、なんか怖いんですけど！」

「そこはご想像にお任せするよ」

「あっ、そうだ！　あとここに来る前に遊馬くんから聞いたんですけど、僕がいない間に、部屋に呼んだそうじゃないですか！　しかも僕の部屋に泊めたとか！」

「別に深い意味はありません。ただ我らが遊馬くんと親交を深めようと思っただけです」

「そうだよ。決して下準備をしていたわけじゃないから安心しな」

「なんの準備ですか！」

「それより文月くん。台湾土産《みやげ》はちゃんと買ってきたんでしょうね？」

眼鏡をスッと上げる勇悟に向かって、薫は持っていた袋を差し出す。

「定番ですけど、パイナップルケーキ。あとタピオカミルクティーチョコなんてモノもあったので買ってきました。他にもお二人が好きそうなモノを何点か」

「よくやりましたね、文月くん」

「あと、飲み物も持ってきました」

鞄からポットを取り出す薫に、志水が親指を立てる。

「ナイスだ、薫。残留決定」

「結構危うい位置にいたというか、ここでの脱落もあったんですか！」

そんな風にわいわいと騒ぎながら、三人は並んで釣りを楽しんだ。

　ただもうしばらくすると、お嬢様から事件現場に向かうと連絡があり、三人は休日返上でそれに付き合わされることになるのだが、それはまた別の話である。

# エピローグ

「いらっしゃいませ、ようこそお越しくださいました」

伝統ある建物の中へ入ると、燕尾服を綺麗に着こなす眼鏡の執事が近づいてくる。

名乗らずともこちらの名前を口にし「それではお席にご案内させていただきます」と導かれる。

通された両開きの扉の向こうに広がるのは、煌びやかな世界。

美しい調度品の数々が彩るメインホールには、アンティーク調のテーブルが並び、お洒落なケーキスタンドを囲む上流階級の人間が、紅茶と共にひと時を楽しむ。

道明院家サロン。

名家財閥である道明院家本邸内にある格式高い会員制のサロンである。

ここを訪れること、延いては【午後のお茶会】に参加することが、社交界における一種のステイタスとなっているほど。

――秋も深まり、寒さを感じ始めた季節。

サロンの片隅にある日当たりの良いテーブル席で、確かな存在感を放つ淑女が、ひとり静かに本を読んでいる。

道明院可憐。

現・道明院家当主の次女であり、昨今社交界において、『お嬢様探偵』と名を馳せる生粋のお嬢様である。

普段は表舞台に出ることが少ない可憐お嬢様ではあるが、なんの気まぐれか、最近は頻繁にサロンに顔を出し、おかしなことを始めたらしい。

【探偵相談席】。

そのテーブルは可憐お嬢様専用であり、お嬢様の向かいの席が空いていれば、サロンを訪れた誰でも腰を下ろすことができる。

ただしその際には必ず『おみやげ』を持参しなければならない。

それは可憐お嬢様の興味を引くような謎。

内容は問わない。

気になる相談事から変わった出来事の原因究明などなど。脅迫、殺人といった事件性が絡んだモノならば、なお結構。

お嬢様が興味を示すようなモノであればなんでもよい。

だけど逆に、お嬢様のお眼鏡に適わなければ、早々に席を立たなければならないとか。

待ち人の到来を静かに待つ、窓際の令嬢。

だが、そんなお嬢様の後ろに立つ人物もまた、人々の目を引く存在となっている。

年の頃はお嬢様と同じくらい。どこか初々しさを感じさせるボーイ服の青年。

ただ何より目を引くのが、その左目を覆う眼帯である。

その存在が気になり、近くを歩く美形のボーイに尋ねると、その青年が可憐お嬢様の専属召使《フットマン》であると教えてくれる。

紅茶を楽しみながら本のページを捲るお嬢様とその様子を静かに見守る隻眼の召使。

二人の姿は、とても絵になり、サロンを訪れる人々の噂の種になっている。


主の様子を窺っていた隻眼の召使は、そっと進み出ると、テーブルの上に置かれたポットに被せたティーコージーを持ち上げ、空いたばかりのカップに、ポットから湯気が香る紅茶を注いでいく。

自然な動作でカップに手を伸ばし、紅茶を口にしたお嬢様が呟く。

「ようやく面白くなってきたわね」

それを聞いた隻眼の召使・文月薫は、どこか戸惑いを見せながら、お嬢様の耳元でそっと囁く。

薫の心からの願いを聞き、可憐お嬢様はクスクスとイジワルな笑みを浮かべ、さらにもう一言呟く。

「期待してなさい。これからもっと楽しくなるから」

やれやれと言った表情で口を閉じた薫は、優雅に詩集を捲るお嬢様の背後に再び立つと、背筋を伸ばし、壁際の召使として気配を消すのであった。


これは、次々と舞い込んでくる奇妙な謎や奇怪な事件を華麗に解決する、さるご令嬢の物語——

なのでは決してなく、**そんなお嬢様に仕える三人の男たちの日々の様子を描いただけの、平凡な物語である。**

本書は書き下ろしです。
この物語はフィクションです。
実際の人物・団体等とは一切関係ありません。

ポルタ文庫
お嬢様《じょうさま》がいないところで
水平思考《すいへいしこう》のファンダメンタル

2020年4月26日　初版発行

著者　鳳乃一真

発行者　福本皇祐
発行所　株式会社新紀元社
〒101-0054
東京都千代田区神田錦町1-7　錦町一丁目ビル2F
TEL：03-3219-0921　FAX：03-3219-0922
http://www.shinkigensha.co.jp/
郵便振替　00110-4-27618

カバーイラスト　松尾マアタ
DTP　株式会社明昌堂
印刷・製本　株式会社リーブルテック

ISBN978-4-7753-1823-2

# 真夜中あやかし猫茶房

**椎名蓮月**

イラスト　冬臣

両親と死別した高校生の村瀬孝志は、生前に父が遺していた言葉に従って、顔も知らない異母兄に会いに行くことに。ところが、その兄は満月の日以外、昼間は猫になってしまう呪いをかけられていて…!?　人の想いが交錯する、猫と癒しのあやかし物語。

ポルタ文庫